[illegible]塵集

余子莊 著

心一堂香港文學系列・散文卷

Śūnyatā

書名：微塵集
系列：心一堂香港文學系列・散文卷・雜文類
作者：余子莊
編輯：香港文學系列編輯室

出版：心一堂有限公司
地址/門市：香港九龍旺角西洋菜南街5號好望角大廈10樓1003室
電話號碼：(852)6715-0840
網址：publish.sunyata.cc
電郵：sunyatabook@gmail.com
網上書店http://book.sunyata.cc
網上論壇http://bbs.sunyata.cc/

版次：二零一六年十月初版
平裝

定價：港幣　一百三十八元正
　　　新台幣　五百八十元正

國際書號　978-988-8317-33-2

香港及海外發行：香港聯合書刊物流有限公司
香港新界大埔汀麗路36號中華商務印刷大廈3樓
電話號碼：(852)2150-2100
傳真號碼：(852)2407-3062
電郵：info@suplogistics.com.hk

台灣發行：秀威資訊科技股份有限公司
地址：台灣台北市內湖區瑞光路七十六巷六十五號一樓
電話號碼：(886)2796-3638
傳真號碼：(886)2796-1377
網絡書店：www.govbooks.com.tw

中國大陸發行 零售：心一堂書店
深圳地址：中國深圳羅湖立新路六號東門博雅負一層零零八號
電話號碼：(86)0755-82224934
北京地址：中國北京東城區雍和宮大街四十號
心一堂官方淘寶：sunyatacc.taobao.com/

作者攝於一九三二年，尚在求學

作者年青時與同胞姊妹合照

作者攝於一九四零年抗日戰爭期間，時為陸軍上尉

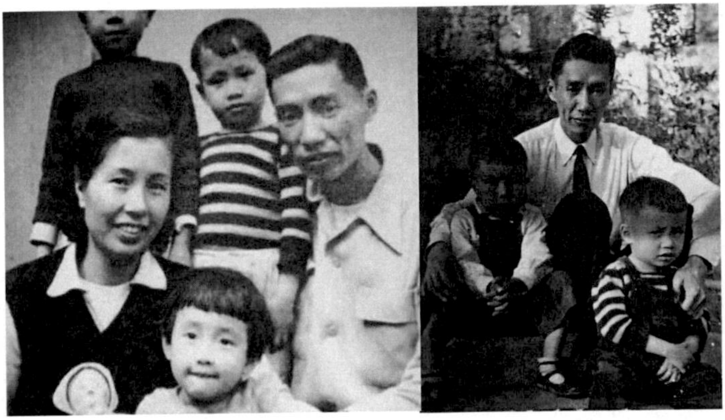

作者於一九五二年與妻兒合照

作者鑽研學問時留意

作者與家人慶祝九十大壽合照

作者最後遺照，攝於二零一五年

目錄

編者的話

專欄雜文向來是香港文學重要的一枝，本書收錄已故余子莊先生於上世紀八十年代中葉在香港《華僑日報》上發表的專欄雜文，並依循作者遺願，取名《微塵集》，輯入《心一堂・香港文學系列・散文卷》。

作者文武兼資，早年習文從軍，又因機緣巧合，精研中國氣功數十年，並設帳授徒，桃李滿門，惠澤頗廣。

專欄雜文的特色，在於每日交稿，每篇文章的字數有規定，內容則可以天南地北，無所不談。這次結集，我們特意挑選不受時間限制、歷久常新的文章。例如作者深入淺出介紹中國傳統歷史文化的小知識，以及論盡人生智慧的道理。

作者學貫中西，撰寫專欄雜文時，常參考當時西方最新的科學研究報告。其文剖析男女在生理和心理上的種種差異，從而帶出兩性之間相處之道，細及夫妻之間於財政、家務等生活瑣事的安排，都有明確而容易遵從的法門。

還有日常飲食養生之理，調暢情志之道，當可幫助讀者保持身心健康。至於個人發展，養育兒童與教導青少年的妙方，以及指導年青男女初入社會、投身職場的應對，到了二十一世紀的今天仍然有相當參考價值。作者得享遐齡，婚姻美滿、家庭和睦、後嗣成材，以上種種經驗之談，時時透發出順天應人的大智慧，願讀者諸君不可以等閒視之！

心一堂香港文學系列編輯室

二零一六年八月

我的父親（代序）

答應主編撰寫序言，無奈仍在思考怎樣下筆之時，父親忽然在今年初睡夢中以一百歲零一歲高齡壽終正寢、乘鶴西去，未能在父親生前完成任務，難免有點遺憾。現在唯望他老人家在天之靈，能夠高興地看到這本書終於出版了！

父親出生於一個大家庭，在六兄弟姊妹之中排行最小。爺爺為了訓練他獨立處事，在他十多歲時就安排他去海南島處理家族生意，一住數年。但父親自小醉心寫作，後來終於放棄繼承祖業，考進了香港中國新聞學院，成為第一屆畢業生，他的寫作生涯從此開始，此後當過記者和報刊主編等。數年後日本全面侵華，熱血的他投筆從戎，當上了軍官，還記得他年青時穿軍服的一張照片，英姿凜凜。父親隨軍到處漂泊，在軍中認識了擔任隨軍護士的母親。後來兩口子輾轉到了香港，成家立室。父母親彼此相伴七十多年，難能可貴。

小時候三兄弟與我，跟父母親相處的時間不多，他倆總是忙得不可開交。印象最深刻的是每年清明、重陽兩次掃墓，一家人齊齊整整，小心翼翼點齊祭品，一早出發，深深感覺到父親的孝心。

回想起來，父母親對家庭的付出很偉大，他倆為了養育我們都放棄了自己的理想，無私的付出。

父親性格高傲脫俗，一向沉默寡言，對他的認識大部份都是從他文章的字句裏尋。深深感受到他當年放棄理想的無奈及痛心。亦明白到他盡力栽培我們成長的付出，作為她的女兒可真心說一句無憾。

中年時的父親愛上了鑽研氣功，被稱為氣功大師，桃李滿門。我也成為他入門弟子之一，他教授時很嚴格，每天都督促我練習兩小時以上，感謝他令我學會了恆持的重要及增進身體機能，保持健康。因為練習氣功的關係與父親的距離拉近了，可以坐下來談談天，說說笑，交換一下對事物觀點的角度。對我來說，嚴肅的父親終於可以做了朋友。

父親離去了，我永遠懷念您！

余小堅

二零一六年

序於香港

馬王堆〈導引圖〉可觀

到中國文物展覽館參觀「馬王堆漢墓出土文物及湖南省歷代文物珍品展覽」，使我感到興趣的，不是「千年女屍」的蠟像複製品，也不是首次從倉庫出來展出的珍品，而是帛畫〈導引圖〉摹本。從這個現存最早的健身圖譜，可知二千多年前，中國已流行健身運動。

這〈導引圖〉帛畫長一米，寬半米，以彩色描繪四十個不同年齡、不同性別的體操運動姿態，繪畫得神氣活現，栩栩如生，一看入眼，就使人有動的感覺。據說，這幅圖中的每個姿態，本來在旁均有文字說明，但由年代久遠以致殘缺不全，能看出的只有三十一處，內容包括保健功和治療功。其具體術式，可分為呼吸運動、肢體運動和器械運動三大類。

其中保健功多取像於動物的形態動作，而治療功則包括四肢部位的「引膝痛」、消化系統的「覆（腹）中」、五官系統的「耳目」，甚至包括某些傳染病等。

隨同展品前來的湖南省博物館副館長高至善說，據他所知，對於〈導引圖〉的治療法及其他馬王堆漢墓中醫學帛書所載藥方，湖南中醫學院正在進行臨床試驗研究，不過似尚未完成發表。

據有關的學術論著指出，馬王堆漢墓的〈導引圖〉，是中國現存最早健身圖譜，而「導引」二字，最早的記載見於《莊子》，其「刻意篇」有言：「吹呵呼吸，吐故納新，熊徑飛伸。」是「導引之士」所愛的健身運動，亦即近年來流行的「氣功」。

至於「導引」的起源，據《呂氏春秋》〈古樂篇〉載，相傳唐堯時代，由於水道壅塞，洪水泛濫，人民心氣鬱悶，筋骨不舒，堯教人民跳舞來宣導氣血筋骨。由此看來，中國的「導引」術不僅歷史悠久，而且很可能源於舞蹈。舞蹈不僅表現形態優美，四肢活動促進血液流通。從〈導引圖〉中，有彎腰抱膝、張臂蹬腿、俯身昂首、挺胸甩手等等，不少像太極拳和鍛練氣功的招式相似；也有優美的舞姿和現代的健身操相類。

新春習俗別具風趣

中國幅圓廣大，各地風尚習俗，各有不同，尤以新春期間，有不少別具風趣的。

有許多地方，農曆元月初一、初二，這兩天都不掃地，並且要把掃帚收藏起來。這個原因，各地傳說不同，像廣州則平日已認為掃帚是不吉祥之物，故在新年進也不宜見它，浙江則謂新年掃地要把家財掃盡，福建廈門則衹謂由於歇息而已。其實此種禁忌，由來已久，據《搜神記》載：「商人歐明，過青草湖，湖神邀歸，問所需，旁人私語之曰：『君但求如願，不要他物。』明依其語，湖神許之，及出，乃呼如願，是一少婢也。至其家數年，遂大富。後歲旦，如願起晏，明鞭之，鑽入掃帚中，明家漸貧。故今歲旦，掃帚不出現。」此外，《荊楚歲時記》亦有同樣記載，這或者是古人勸戒不要虐待奴婢的寓言，不料竟成習尚而留存下來，也是新年習俗故事中的趣事。

元月初一這一天，許多地方的人們——尤其是婦女，多行素食。據傳說：這一天是天上諸神界的日子，如果吃一天齋，就可以抵得往平日吃一年齋，所以，在這一天吃齋的人特別多。

同時，這一天浙江紹興湖州等地，都禁忌用湯和菜汁淘飯。據說，如果違犯了，則一年到頭，出門都會遇著下雨天。

初三日不往親友家裏拜年，原因是：廣州人謂初三這天是「赤口」，如果和親友相見，將來會有口舌之爭。但其他地方則謂初三是「窮鬼日」或「送窮日」，除不宜與親友往來之外，還須得用香燭元寶和垃圾一起送到外邊去，好把窮鬼送掉。總之，初三那天是不吉利的日子、和初一初二是大不相同的。

新春期間，平日的許多禁律多為開放，例如小孩子淘氣，也不加以打罵，甚至賭博亦為之解禁，許多家庭頓時成為賭場，不論老幼尊卑，都共同一起耍樂。據《熙朝樂事》和《荊楚歲時記》所載：「自除夕伊始，小兒郎終夕博戲不寢……」是則遠在宋朝時代，在新春期間的家庭裏，都賭禁大開，後生小子，索性賭個天翻地覆，賭到通宵不睡覺哩！

立春、春牛、春餅

今年農曆十二月廿六，曆書記載：「是日立春。」我們中國一向以農立國，節序進入了「立春」，就要籌備春耕的工作，因此農民們很重視這個日子。

根據舊俗，在這一天有「迎春」和「打春」的儀式舉行：用泥土塑成一隻牛，稱之為春牛。自皇帝以至府、州、縣長官，安排儀仗鼓吹，自城外迎接這隻泥牛到衙署，謂之「迎春」；然後再用綵杖輕輕的鞭打這隻春牛，是謂之「打春」。這些儀式是含有勸喻農民及早準備春耕工作，並不完全是迷信的風尚。

迎春牛之舉，現在都沒有機會看到了，唯一能看的「春牛」，只有在「《通勝》曆書上，那幅〈春牛圖〉是大有講究的。牛的毛色和蹄色，春牛旁邊站立的稱為「勾芒神」的牧牛童子，他站立在牛傍左或右，和他腳下穿的鞋子或木屐，對於一年的農作物的豐、歉、水、旱都有暗示的關係。例如他兩隻腳都穿鞋子，則表示該年天旱，穿木屐則表示雨水太多，一鞋一屐則表示雨水均勻，五穀豐登。

《東坡志林》有蘇東坡在夢中被神人邀請去寫〈祭春牛文〉的故事。原文云：「元豐六年十二月廿七日，天欲明，夢數吏人持紙一幅，其上題云：『請祭春牛文。』予取，疾書其上云：『三陽既至，庶草將興，受出土牛，以戒農事。衣披丹青之好，本出泥塗；或毀須臾之間，誰為喜慍。』吏微笑曰：『此兩句當復有怒者。路旁一吏云：『不妨，此是喚醒他也。』』」看來蘇東坡是故意杜撰春牛入夢來諷刺當時得志的小人的。

在立春這一天，還有一些應景的事物，那就是吃「春餅」。春餅也就是今天茶樓酒館售賣的春卷。不過古人的春餅不是用油炸的，只以春卷皮包餡炊熟，餡料主要是韮黃和肉碎，在當時韮黃是非常價昂的應時名菜，所謂：「韮黃蘭茁簇春盤」詠詩以誌，誠盛事也。

此外，「立春」之日，據說可將雞蛋豎立起來，因為節令氣候的影響，在某一時辰的地氣磁場特別吸引，能為此玩意。我曾屢試不果，據說會有報章肯定，並有圖為證。

水仙花

新春來臨，家家都是喜歡養一盆水仙增添雅興。水仙之所以備受歡迎，主要是需要少量的清水和一些石子，既不要土壤，也不用施肥，便能開美麗的鮮花，是名副其實的「清供」。

水仙花有單瓣（俗稱單托）和雙瓣（俗稱雙托）之別，也有「金盞銀台」之譽。水仙的花不分花萼和花冠，合稱花被。花被的下端合成筒狀，在筒口有黃色的突起——植物學上稱之為副花冠，這便是「金盞」，「銀台」則是指它的花被。

水仙盛產於福建漳州，舉世聞名，民間流傳著一個有關水仙的淒婉動人的神話：

一個寡婦含苦茹辛把一個遺腹獨子養大，靠種瘦田勉強過活。一天，兒子下田去幹活，很晚還不見回來，母親倚閭而望，忽然來了一個乞丐向寡婦乞食，嗷嗷待哺，狀極可憐！寡慈憫心起，把僅有的一碗飯施了給乞丐後，掩面哭起來。

乞丐狼吞虎嚥的將飯吃了。看見寡婦在流淚，連忙問：「是捨不得飯嗎？」寡婦答：「不是捨不得，是想到我兒子辛苦幹活回來後要捱餓，故忍不住哭了！」乞丐說：「那末為甚麼你又要將飯施捨給我呢？」

寡婦說：「留給兒子，他可以吃飽一餐。施捨給你，卻可以你一命，想想還是施捨給你，我兒子雖要餓一夜，總不至於死吧！」

乞丐大受感動，問她的兒子到那裏去了？回答說，在田裏幹活。又問田在何處？寡婦順手一指，乞丐便向田地奔去，將所吃的飯全吐了出來，又跳入水中，沉不見影。寡婦呼援，雖一再打撈，亦不獲屍首。

不久之後，乞丐吐在田中的飯粒，長出了綠的一株株美麗的花朵朵，這便是水仙花。

在盛產水仙的漳州，孩子們往往將水仙花摘下來，把油滴在「金盞」中，再插進一根燈芯，點燃起來，形成一個美麗的小花燈，集合許許多多小花燈浮蕩於水盆中，不論遠觀近看，「金盞銀台」裝扮成的水仙花中，閃耀著銀光萬點，令人目不暇接，美麗動人。如把房間裏的燈火熄滅，只讓小花燈在幽暗中漂浮蕩漾，更有詩意盎焉之感。

除夕溯源稽史冊（上）

農曆十二月三十日謂之「除夕」。一般人以為「除舊更新」的意思；如稽考史冊，則發現另有所指。

《呂氏春秋》高誘注：「前歲一日，擊鼓驅疫癘之鬼，謂之逐除。亦曰儺。」同樣的記載，還可見於《後漢書．禮儀志》：「先臘一日大儺，謂之逐疫，訖，設桃梗、鬱儡、葦茭。」可見於除夕驅疫癘之鬼的風俗，由來甚久。

如何以桃梗、鬱儡、菱茭來驅疫鬼？《山海經》載：「東海中有度朔山，上有大桃樹，蟠屈三千里。其卑枝門曰：『東北鬼門。』萬鬼出入也。上有二神人，一曰：『神荼』，一曰：『鬱儡』，主領眾鬼之惡，害人者執以葦索，而用食虎。於是黃帝法而象之，毆除畢，因立桃梗於門戶上，畫「鬱儡」持葦索以御凶鬼，畫虎於門，當食鬼也。」

《風俗通鴉也有記載「神荼」、「鬱儡」治鬼的來由：「黃帝上古之時，有『神荼』與『鬱儡』兄弟二人，性能執鬼。桃梗，梗者更也。歲終更始，受介祉也。虎者陽物，百獸之長，能掌鷙，性食鬼魅者也。」

從上述資料，說明了中國民間「門神」的來歷。至於後來民間以他們崇敬的勇士來代替猙獰面目的「神荼」、「鬱儡」，是唐朝的秦叔寶（瓊），和尉遲敬德（恭）。《清嘉錄》載：「除夕，分易門神，俗畫秦叔寶，尉遲敬德之像，彩印於紙，小戶貼之。」

至於「神荼」和「鬱儡」所持的「葦索」，以及門上所插的「桃梗」，直到六朝時代，仍有保持。《荊楚歲時記》載：「正月一日懸葦索於戶上，插桃符其旁，百鬼畏之。」

「桃符」後來便演變成為春聯。宋朝黃休復撰《茆亭客話》：「蜀主每歲除日，諸宮門各繪『桃符』一對，俾題『元、享、利、貞』四字，時偽太子善書札，選本宮策勳府桃符，親自題曰：『天垂餘慶，地接長春』八字，以為詞翰之美。」孟昶有自題桃符板云：「新年納餘慶，嘉節號長春」，可見春聯之作，始於五代，不過是寫在「桃符」板上，到了宋朝，才改寫在紙上。

除夕溯源稽史冊（下）

前文談到「春聯」是由「桃符」演變而來。宋朝周必大《玉堂雜記》：「除日，更春帖柱聯門額，於堂軒楣柱，貼福祿壽一財二喜等字。習二教者，於門衡貼阿彌陀佛及九天應玄雷聲普化天尊，又佛咒悉呾多般那等語。」自宋朝之後，因明太祖的喜愛提倡，傳旨公卿士庶，門上均應加春聯。於是春聯便成家家戶戶過年必備之品，所謂：「爆竹一聲除舊，桃符萬戶更新。」便傳下來。

除夕又稱為「大年夜」，除夕前一日，叫做「小年夜」，「大除」「小除」，也稱「大盡」「小盡」。《清嘉錄》記，當時「年夜」的風俗：「祀先之禮，相沿用昏。俗呼大年夜，或有用除夕前一夕者，謂之小年夜。又曰小除夕。俗又稱呼之為大年少夜。舊俗，雞且鳴，持杖擊灰積，致詞以獻利事。名曰打灰堆。又小兒繞街呼叫云：『賣汝癡，賣汝癡。』世傳吳人多獃，故兒女輩戲欲賣之。今怡不傳。惟是夜家戶儲水於廚下，埋炭塹於坑，不使燄熄。置寢室中，謂之『種火』。焚辟瘟丹、蒼求諸藥，謂之『太平丹』，街坊爆竹之聲鏗响不絕。」

《清嘉錄》中許多習俗，遺留至今，如祀祖，賣癡，留歲火等。其實這些風俗中，還可追溯得更早一些。晉朝周處《風土記》載：「蜀之風俗，晚歲相與餽問，謂之『餽歲』。酒食相邀，謂之『別歲』。至除夕達旦不眠，謂之『守歲』，際先竣事，長幼聚，祝頌而散，謂之『分歲』。」

孟浩然詩云：「續明催畫燭，守歲接長筵。」可見風氣在唐朝仍盛行。至於「歲火」，鄉農人家各於門首，架松柴成井字形，齊屋。舉火焚之，煙燄燭天，燦爛如霞布，謂「燒松盆」。最豪華的「歲火」是隋陽帝所燒的：每逢除夕，設火山數十，每一山焚沉香數車，火光稍暗，則以「甲煎」沃之，因而歲火「燄起數丈，香聞數十里」！

除夕之夜，兒童最感興趣的事，便是有「壓歲錢」可得。《清嘉錄》：「長幼度歲，長者貽小兒，以朱繩綴百錢，謂之『壓歲錢』。」

賣懶童謠賣懶詞

歲盡之夜，謂之「除夕」，有除舊佈新之意，我國各地和各民族有許多風俗習慣，相當有趣。

從前，廣州人在除夕這一天，流行著一種賣懶的風俗。當晚上燈後，由家長給小孩一個點亮的燈籠，在街上隨意走動，口中唱著：「賣懶賣懶，賣到年卅晚，人懶我不懶！」這歌詞是鼓勵兒童勤力，不要懶惰防礙進步。

賣懶的風俗，以前東莞也很流行。據書載：「莞俗，歲末之日，有賣懶之舉，其法用炊熟之連殼蛋一個，上插點著之線香一枝，兒童手執鴨蛋，自屋內行至屋外，隨行隨唱賣懶歌。到屋外時，則拔鴨蛋上之線香插於門口土地神之香爐中，然後返身入屋，將鴨蛋剖開，分給家中老輩，如父母伯叔等，勿自食。」其所唱的歌是：「賣懶仔，賣懶兒，賣俾（給）廣西王大姨；男人讀書勤書卷，女人賣懶綉花枝，明日做年添一歲，從此勤力，不似舊時！」

還有另一種歌詞：「賣懶去，等勤來。眉豆句，菊花開，今晚齊齊來賣懶，聽朝（明晨）

清早拜新年。」這些歌謠，都是表達了人們希望拋卻懶惰的缺點，明年立志做一個勤勞的人，因為是好理想，因而得以長期流傳。

另外，有些地方則有「賣癡呆」的風尚。據說由來很古，性質與廣州和東莞的賣懶近似。宋代詩人范成大在〈臘月村田樂府十首〉中，有〈賣癡呆詞〉云：「除夕更盡人睡，厭禳鈍滯迎新歲，小兒呼叫走長街，云有癡呆召人買。二物於人誰獨無，就中吳儂仍有餘。巷南巷北賣不得，相逢大笑相揶揄。棵翁塊坐重簾下，獨要買添令問價，兒云翁買不須錢，奉賒癡呆千百年。」此詞有序云：「分歲罷，小兒繞街呼叫云：賣汝癡賣汝呆。世傳吳人多呆，故兒輩諱之，欲賈其餘，益可笑。」由此可見，蘇州至少在宋代以來，就流行賣癡呆的風俗。元人《平江紀事》也有近似的記載：「吳人自相呼為呆子，又謂之蘇州呆。每歲除夕，羣兒繞街呼叫賣癡呆，千貫賣汝癡，萬貴賣汝呆；見買盡多送，要賒隨我來。」可見元代的蘇州，也流行賣癡呆的風俗。

「桃符」話舊潮溯淵源

爆竹一聲除舊
桃符萬戶更新

這是過去最通俗而常見的春聯。自從政府禁止燃放爆竹，已經減少了熱鬧的氣氛，春節似乎平淡了。

春節本來是農業社會的產物，都市工商社會，已摒除了傳統的形式，只作為社交的一種應酬而矣。

文首提及的「桃符」，是「春聯」的兑變。據《荊楚歲時記》記載：「門旁設二板，以桃枝為之，而畫神荼鬱壘像壓，謂之桃符。」當時所設了桃板與所畫的神像，俱一年一度從新更換。

《風俗通》一書內有記載「桃符」應用的起源：「上古之時，有神荼與鬱壘兄弟二人，性能執鬼，度朔山上章桃樹下，簡閱百鬼，無道理妄為人禍害，荼鬱壘縛以葦索，執以食虎，於是縣官常以臘除夕飭桃人，垂葦茭，畫虎於門，皆追效前事，冀以禦凶也。」此外，還有漢代蔡邕所撰的《獨斷》載：「海中有度朔之山，上有桃樹，蟠屈三千里，卑枝東北有鬼門，萬鬼所出入也。神荼與鬱壘二神居其門，主閱領諸鬼。其惡害之鬼，執以葦索，食虎。故十二月歲竟，常以先臘之夜逐除之也，乃畫荼壘，並懸葦索於門戶以禦凶也。」《風俗通》與《獨斷》兩書的記載，大意相同。所謂「食虎」，就是餵老虎。荼與鬱壘二神，均為掌鬼之權威者。他們的相貌威武，短衣大袴長劍，目光炯炯，新春貼之門上鎮。

其實以桃辟。驅惡，由來甚古，據《左傳》載：「乃使巫以桃，茢先祓殯。」意思是編桃枝為帚，以祓除不祥。又《後漢書》亦云：「以桃印長六寸方三寸五色書文如法，施門戶以止惡氣。」此外，尚有以桃葉煎湯闢惡的。《荊楚歲時記》載：「正月一日，長幼悉正衣冠，以次拜賀，進椒栢酒，飲桃湯。」以上記載如出一轍，意味無殊。

桃，除了神話之外，亦為世人所喜愛，因春天盛開紅白花朵，為元旦中最美麗的雅玩，折幾枝插瓶中作為新春點綴，使人人行點「桃花運」，樂事也。

新春「竹枝詞」話舊

新春本是舊曆年，且談舊事以助興。

山陰茹古香，撰〈越俗新年竹枝詞〉凡四十八首。查「竹枝詞」一名，本出巴渝，相傳為劉禹錫在沅湘時，以俚歌鄙陋，乃依騷人九歌，作詞九章教里中兒童歌之。後人因以七絕吟詠土，瑣事者，多稱為「竹枝詞」。又：「越俗」之越，往昔江浙閩粵等地，皆越族所居。如：於越在浙江；閩粵在福建；楊越在江西；南粵在廣東；駱越在安南（即今之越南）。在劉宋時，「越州」即為廣東之合浦縣治。廣州之越秀山，亦以越名之。據此，越俗新年竹枝詞，所詠采風俗尚，其中亦頗不少與粵相似的。迄今時移世易，今昔互有異同。際茲新春之際，特摘錄如次，聊作應景慶賀。

（一）早起朝天磕四頭，灶堂祖像各參周，過年此刻真難過，僕僕清晨拜不休。

（二）湯糰香味和糖勻，便當晨間飯一巡，記得去年還債苦，出門先去拜財神。

（三）紙灰捲起趁微風，花炮彈餘滿地紅，今日街頭門盡掩，門神兩個立西東。

（四）短套長袍緩步行，淡黃金鎖紫紅纓，途中相見交相揖，即刻登堂說一聲。

（五）旁午登門拜一回，堂前坐等點心來，今朝忙煞廚房裏，真正安排十斗奎。

（六）畫船對坐兩夫妻，兒靠船窗手自攜，安放中艙雙盒子，一盤扣肉一盤雞。

（七）客至從來不出迎，一張門簿領人情，有時大柬留門罅，幾代兒孫都立名。

（八）嫂嫂從來最有情，茶湯親為小姑烹，關心戲說新年事，買盞花燈與外甥。

（九）莫笑粗蠻鄉下人，新年衣帽也會新，布衫衣短難遮手，相喚先教兩手伸。

（十）最喜嬌頑小阿官，拋球踢毽有餘歡，買來花炮邀人放，掩耳偷從隔壁看。

（十一）捏鐺鑼背掛紅，一支竹棒踱街前，世間命運何能算，只算床頭壓歲錢。

（十二）飯完紅日已歸山，只怕城門早要關，還有主人留看戲，本村廟裏紫雲班。

戳出窮鬼搭進富神

春節是陰曆元旦，這節日並非自古已然。根據元朝的曆法大家郭敬守考證：「三代（夏、商、周）曆無定法。」到了秦始皇時代，以陰曆的十月為正月。漢初延用無改。其後漢武帝（劉徹）採納了司馬遷等人的建議方案，於太初元年（西元前一零四年）以建寅月為歲首；陰曆正月初一日才被確定為「元正」（元旦）。以後七百五十年間，又經歷了四次變更，總共變更的時間不過二十九年。太平天國時曾作了一次大改革，由一八五一至一八六四，為時僅十四年，未能通行全國；對陰曆元旦日沒有起很大的影響。

兩千年來，「元旦」已成為全國性的節日。從漢朝起，在這天「大陳百戲」，歌舞鼓吹，還有雜技、幻術、魚龍曼衍（龍燈，四豸燈大會演）等節目。到了明朝初年，把各季節所祭祀的神、佛、仙、鬼等統統合併到新年致祭。氣氛濃厚熱鬧，放爆竹，燃庭燎，迎神接灶，大吃大喝，歡樂一番。

過舊年元旦，民間有許多風俗：貼春聯是其一。漢朝蔡邕著《獨斷》記載，新年時，在門上置桃木板畫神荼，壘像，謂之桃符。日久年遠，演變為只題字，不畫像，就成為今日的春聯了。約一千年前，孟昶撰寫的「新年納余慶，佳節號長春。」可說是最早的春聯。以後逐漸盛行起來，貼春聯對子成了新年不可少的一項點綴品。

春聯是反映一定時代和階層人物的思想意識。在封建社會裏，「帝德乾坤大，皇恩雨露深」，「忠厚傳家久，詩書繼世長」之類歌功頌德。在北洋軍閥時期，曹錕賄選總統，有人貼出一副春聯以諷之。聯曰：

民猶是也，國猶是也，何分南北？

總而言之，統而言之，不是東西！

抗日戰爭時期，人人同仇敵愾，有理髮店貼出：「倭寇不除，有何顏面？國仇未複，負此頭顱！」充滿了愛國精神。

明末文學家歸莊（玄恭）有副春聯：「一槍戳出窮鬼去，雙鉤搭進富神來。」

「人日」稽古鏤金壓勝

農曆正月初七俗稱「人日」。據說：天地初開始的十天，每天都象徵著一種生物。初一是雞日，初二是狗日，初三是豬日，初四是羊日，初五是牛日，初六是馬日，初七是人日，初八是穀日，初九是蠶日，初十是麥日。

「人日」就是人類公共生日的意思。在我國古代，人日的習俗和傳說真不少，古時女子有梅花妝的，據說也是始於人日。《妝樓記》載：「宋武帝女壽陽公主，人日臥含章殿簷下，梅花落額上，成五出梅，拂之不去，皇后留之，後人效為梅花妝。」除了梅花妝外，還有竹葉酒，《歲華紀麗》有：「飲葉之壺觴，妝梅花之滿面。」

古時「人日」是非常熱鬧的，在這一天，民間用金箔剪成人像，貼在屏風、或布帳、或頭巾上以示壓勝之意。《荊楚歲時記》載：「人日剪綵為人，或縷金箔貼屏風上，亦載於頭髻，象人入新年，形容蓋新。」《藝苑雌黃》載：「古人以正旦畫雞於門，七日貼人於帳。」李商隱亦有詩云：「鏤金作勝傳荊俗，剪綵為人起晉風。」從詩句中，可知這種風俗是起自晉代，又據薰勛記述：「此風起於晉，賈充妻李夫人。」在「人日」，除了貼人形之外，還有七種菜羹，中康煎餅，槌床打戶，拔狗耳，滅燈燭的習俗。《荊楚歲時記》載：「人日以七種米為羹，剪綵為花勝相遺。」《述征記》有：「人日作薰餅於中庭，謂之薰天。」

古時有利用陰晴來占卜災祥，又有用油洒水面來測驗一年穀物的豐收與否。我們可以從下列的古籍中知概況。

《清嘉錄》載：「俗以七日為人日，八日為穀日，九日為天日，十日為地日，人視此四日之陰晴，占終歲之災祥。」

又另一古籍載：「四川嘉定州有金登山，山趾有淵，每歲人日，太守於此修油卜故事，謂以油洒水面，觀其紋，驗一歲荒歉。」

到了今天，「人日」的習俗逐漸淡退，人們已能利用科學方法改善自然環境，建設水利以防旱，使稻穀豐產，不必「人日卜歲」了！

上元佳節慶花燈

農曆正月十五日乃「上元」佳節。我國習俗傳統，對於這個節日，極為重視。往昔承平時代，國內各地，無論城鄉，家家戶戶都懸掛花燈慶賀。在香港居住的人，難得見到這慶花燈的盛況，如果在香港出生而沒有返過內地渡元宵的，更不知慶花燈是甚麼一回事。

上元佳節慶花燈，由來甚古，始於漢代而盛於唐朝。稗官野史所載：「薛剛打爛太廟大鬧花燈」的故事，戲曲也有唱做，因此更深入民間。可見當時慶花燈的盛況，不只是民間習俗，帝皇也重視此燈節，所謂：「金吾不禁」，京都地面，每屆元宵慶賀花燈，亦城開不夜，任人遊覽。唐高宗時且作「上元舞」。據《新唐書．禮樂志》所載：「上元舞者，唐高宗所作也。舞者百八十人，衣錦雲五色衣以象元氣，其樂有上元、二儀、三才、四時、五行、六律、七政、八風、九宮、十洲得一。慶雲之曲，大祠享皆用之。」據說：上元之夜，帝使宮女在宮門外表演上元舞，以示與民同樂。可見當時元宵燈市之熱鬧盛況了。以後，歷代帝皇皆重視這燈節。

據考證：上元燈節，以前是一連慶鬧三天的，十四日「上燈」，十五日「正燈」，十六日「散燈」。後來有增至七日，由十一日起至十七日止，乃以十五日為正燈。廣東各地習俗，亦多由正月十一日開始「上燈」，一直至二十日才「散燈」的。各鄉村每到元月初十，即在祖祠門外的廣場或村中曠地，架搭「燈棚」，到了十一日即開始上燈。村中族人，凡是於上一年「添丁」的，即須買幾個花燈 來慶燈。一個懸掛於本族的始祖大宗祠；一個掛於本房二世祖祠；一個掛在家中；一個則懸掛於「燈棚」內。這些花燈大都裱上紙畫如「郭子儀百子千孫圖」、「仙姬送子圖」、「八仙賀壽」等吉利意頭的民間故事圖畫，還有一些紙蓮藕和石榴等，以示「蓮榴貴子」之意，燈內燃點油燈或蠟燭，五光十色，甚為美觀。更由祖嘗聘請「八音鼓樂」演奏助慶，熱鬧非常。有些祖嘗豐厚的鄉村，更在祠堂擺燈酒，凡是村人都可以到祠堂去大吃大喝。

中秋詩話千古傳

中秋佳節，當有應景文章，尚子不才，選集詩話佳作，與諸君共享。

曹松《中秋對月》七言絕句云：「無雲世界秋三五，共看蟾盤上海涯；直到天頭天盡處，不曾私照一人家。」把明月大公無私的普益精神揮發無遺。寫情寫景，雋永迷人。

蘇東坡丙辰中秋寫的《水調歌頭》的飄逸，更千古傳頌。詞曰：「明月幾時有？把酒問青天。不知天上宮闕，今夕是何年。我欲乘風歸去，又恐瓊樓玉宇，高處不勝寒。起舞弄清影，何似在人間。轉朱閣，低綺戶，照無眠。不應有恨，何事長向別時圓！人有悲歡離合，月有陰晴圓缺，此事古數全。但願人長久，千里共嬋娟！」

杜甫《八月十五夜月》五律兩首云：「滿目飛明錦，歸心折大刀；轉篷行地遠，攀桂仰天高。水路疑霜雪，林棲見羽毛；此時瞻白兔，直欲數秋毫。」又：「稍下巫山峽，猶銜白帝城；氣沉全浦暗，輪仄半樓明。刁斗皆催曉，蟾蜍且自傾；張弓倚殘魄，不獨漢家營。」

韓偓《中秋禁直》詩云：「星上疏月禁漏殘，紫坭封後獨憑闌。露和五屑金磐冷，月射珠光貝闕寒。天襯樓台歸苑外，風吹歌管下雲端。長卿只為長門賦，未識君王際會難。」

秦觀《中秋詩》云：「雲山膽楯接低空，公宴初開氣鬱葱；照海旌幢秋色裏，激天鼓吹月明中。香糟旋滴珠千顆，歌扇驚圍玉一叢。二十四橋人望處，台星正在廣寒宮。」

李商隱詠《霜月》詩云：「初聞征雁已無蟬，百尺樓高水接天。青女素娥俱耐冷，月中霜裏鬥嬋娟。」另一詠《嫦娥》詩云：「雲母屏風燭影深，長河漸落曉星沉。嫦娥應悔偷靈藥，碧海青天夜夜心」。

許渾《八月十五夜宿鶴林寺玩月詩》云：「待月東林月正圓，廣庭無樹草無煙。中秋雲淨出滄海，半夜露寒當碧天。輪影漸移金殿外，鏡光猶掛玉樓前。莫辭達曙殷勤望，一墮西巖又隔年。」

李季蘭《明月夜留別》詩云：「離人無語月無聲，明月有光人有情。別後相思人似月，雲間水上到層城。」

製一羽毛球殺三鴨

羽毛球運動已普遍起來，有誰知道製造一個羽毛球需要殺死幾許鴨子呢？

因為羽毛球是所有球類中唯一拖著尾巴的球，而製造羽毛球的材料百分之九十以上都是天然產品，加上複雜的人工製造過程，生產成本高漲，品質也很難控制。目前國際標準的羽毛球，每個有十六根羽毛，而鴨子翅膀上只有二至三根毛能製造比賽級的球，因此，在羽毛場上可聽到人說：「別太用力，殺壞一個球等於殺死三隻鴨子。」一根長達一尺的羽毛，實際上的能剪出約三分之一來做羽毛球。羽毛不能染色，否則會破壞羽毛的質地，所以只有白鴨子的羽毛才能做羽毛球。羽毛清洗切剖的工作很重要。羽毛平放著和側轉成九十度刀狀都有不同的變曲度，在植毛到軟木的球頭之前必須加以分類，平放彎曲度分成一至五號（也有細分至七號），同一編號的羽毛再側轉過來分五至七類，於是分類後共有廿五或四十九種鴨毛。只有同一號碼的羽毛才能在同一個球上。但在分類編號前，所有羽毛還須分級，只有羽梗兩側羽翼絲毫無損，才能做高級的羽球。

植毛在軟木頭上的工作也不簡單，植入的角度並無明文規定，也沒有一定方式。角度過大，球飛行時會旋轉得很厲害，抵銷飛行的速度和距離。到底甚麼角度最佳，只有靠老師父的經驗。由此可知生產羽毛球的人才極難訓練。

植羽後還要纏線，上膠，然後是一個重要步驟——測試。測試是用機器將球打出去，依飛行的遠近判別球的輕重。重的球飛得遠，輕的飛得近；輕的還可以在球頭上打入小螺絲調整重量，太重的球只有淘汰。調整重量後，必須再用機器把球打出去，依飛行的軌跡來分級。飛行平穩軌跡合要求的，可考慮做比賽球。否則列為次貨或可作練習球之用。

一隻羽球有廿一個製造過程，每一步驟都須完美才使羽毛不致受損，因此需要大量檢修人員工作。市面上的比賽球與練習球，實際有上百種的不同。羽球飛行又會受濕度，溫度，空氣密度的影響。春、夏季宰殺的鴨子與熱帶生長的鴨子，羽毛質地不一，影響羽球品質。

捉禾花雀考察團

每年寒露至霜降之間，珠江三角洲常有成群成隊的禾花雀飛來。珠江三角洲的農民，每年都在這一段時日內，密切監視禾花雀的飛來，一旦發現，就設法捕捉，捉禾花雀要有時間及耐心才能捉到。

香港的旅行家最近組成一個「捉禾花雀考察團」，準備到珠江三角洲實地參觀考察。按照估計：今年寒露為農曆八月廿四日，他們將在產區逗留五天，至農曆八月廿八日，肯定有禾花雀飛來，可以參觀捕捉禾花雀的一切。

據民間傳說：禾花雀是由黃花魚所變成的，這些黃花魚仔在大海游近基圍時，突然從水面飛起，變成禾花雀，當牠飛回水裏，又會變成黃花魚。這種傳說，可能由於禾花雀羽毛黃色，又因是從南方海面飛來，以為是從水中飛起，是以附會為黃花魚所變的。另一原因是漏網的禾花雀，立即又飛回海面去，不久就失了蹤跡，所以認為牠又飛回海中變回黃花魚。

這些傳說並不真確。在資料中顯示：禾花雀的學名為鵐，鵐有十多個品種，禾花雀是屬於黃胸鵐。

這種雀在春秋戰國之前，曾飛至黃河北區，《詩經》中有〈黃鳥〉，所詠的黃鳥，就是黃胸鵐（禾花雀）。

在商周時代，廣東氣候與現時南洋一帶的氣候相似，所以黃胸鵐曾飛到黃河，其後氣候轉移，黃胸鵐也漸漸南移，到了最近一千年，且不會飛到長江流域，只集中在廣東地區。廣東人因為這種雀鳥啄食禾花，影響稻穀收成，故長期以來，待牠們一到就捕捉並宰而食之。

原來禾花雀是從東歐經中東到印度飛來的。他們年七八月間，在印度、緬甸、越南、柬埔寨等地的沼澤區產卵，產卵後就飛來廣東覓食，之後又後回產卵地去，帶領已孵出的鶵鳥飛返歐洲。等到歐洲天寒之前，又回飛至印度和越南一帶，至此牠們又成熟而結合，在當地產卵後，又結群飛來廣東，所以每年都飛來一次，雖被捕宰不少，但仍有大批漏網飛回來越南和印度去，又雛鳥返歐洲，所以捉之不盡，年年飛來，候鳥也。

螞蟻敗訴通性靈

古文有一篇《祭鱷魚文》，據說唐朝時韓愈官居潮州刺史，當地居民深感鱷魚為患，於是這位文起八代之衰的好官撰寫祭文，恩威並濟而驅逐之，從此鱷魚群由韓江遷徙至南洋，不再為患中國，成為千古佳話。事實是否如此，也沒有專家考證，只當故事流傳於民間而已矣！

但在十八世紀時的巴西，卻出現過一宗「審蟻奇案」，紀錄在馬蘭荷往一個小鎮的教堂「行事日記」中，與「祭鱷魚文」有異曲同工之妙。

事件發生於一七一三年，該教堂由天主教聖芳濟各修會的修士管理，當時該教堂為附近農田為大批紅色的螞蟻盤據，不但農田中的農作物，更蛀蝕教堂的木樑木柱，甚至教堂的地底挖築隧道，令教堂有倒塌危險。

根據該教堂的行事紀錄記載：在該年的一月十七日，修會的當家修士，在忍無可忍的情況下，決定成立一個臨時法庭，向螞蟻進行訴訟。審蟻法庭依足了一切法律程序，隆重開審，教堂當局不但委出了一位主控官，甚至為螞蟻指定了一位辯護律師。

審訊的過程非常逼真，首先由主控官宣讀螞蟻的罪狀，請求法庭判決螞蟻有罪，並勒令刻日還離，在主控官宣讀控罪之後，指定為螞蟻辯護的律師起立發言，指出螞蟻是該幅土地的真正主人，早在修方濟各修士到來建立教堂之前，便已在該處安身立命，因此教堂根本無權控告牠們，亦不能把牠們驅逐。辯方律師還召了五名證人登台作證：指出螞蟻有在該土生存的權利，亦不能違背上帝的意旨，賦予牠們選擇居所的權利，人類無權剝奪牠們生存的權利，亦不能違背上帝的意旨。

經過一場激烈的爭辯之後，結果法庭判定螞蟻敗訴，必須立刻遷離，法庭並簽署了一份判決，表示如果螞蟻抗命，將受到最嚴厲的「出教」處分。說來令人不可置信，當判決書在螞蟻山宣讀之後，千千萬萬的螞蟻，竟然列隊從螞蟻山走出，操向由法庭指定的地點「定居」。這件奇案的紀錄，現仍保存在該處教堂的「行事日誌」中，可信性極高。

女人乳房有多少？（上）

最近落畫的一齣西片《屠魔神劍》裏有位妓女有四隻乳房，一亮相時全場觀眾深感詫異，讚嘆連聲，以為奇觀。

一九六二年，台灣榮民醫院曾經發現一個身上有五隻乳房的婦人，她進醫院留產時才醫生發現。她說：「十二歲那年，脇下突然隱隱作痛，不久突出兩塊肉頭來，和胸前的乳房無異；到了十五歲，又在頭項背後生出一個，因為不方便，已請醫生割去了，由於脇下多出的兩隻乳房並不顯著碍事，沒有把它割掉，但仍是麻煩的疣贅。奇怪得很，我養第一個孩子時，四隻乳房都有乳汁，可以哺育孩子。」

據醫學界說，多乳可能是一種怪病，在生理上定有問題。女人的乳房是乳脂腺所造成，如果乳脂腺太多，自然會別外地方發展，只要能夠使乳脂腺擴展的地方，就會出現類似乳房的東西來。本來合乳脂腺活動的地方只在於胸前，這是一個女人在母胎中已經有這種能力，但乳腺居然發展到脇下和頸項去，那就是不可思議的怪事。醫生認為某部生理組織畸形，或者是本身就具有了足可吸引乳脂的力量，就會較容易製造出另一個乳房的機會。無論如何，多過兩個乳房，是生理不健全所致，使到精神增加負擔，並不是一件好事。

過去，我們很少聽到有女人長出兩隻乳房以上，尤其是五隻更屬奇聞。或許會有，而女人保守秘密，沒有給們發現。在美國，已有二百多年歷史的西雅圖市民醫院，根據紀錄，曾在女病人身上發現了大約八個身上有三隻乳房，這第三隻乳房，都是長在正常的兩乳中間或肚臍之上，而且同具對異性的敏感和一樣豐富的乳汁，可以哺育嬰兒。

一九五二年，荷蘭羅凱姆有一個色情男子偷窺女人更衣，竟發現一個女人胸脯長有四個乳房，一排橫列，每隻只有酒杯那樣大小。事情傳了開來，那女人被醫務當局請到醫院檢查，由醫生替她割去右邊一隻，但因影響到她右手的活動不大靈敏而停止再施手術，所以還留存了三個乳房。（上）

女人乳房有多少？（下）

早幾年，有一個專跳脫衣舞的女郎在巴黎下級酒吧表演，就以有三隻乳房為號召，吸引了許多好奇的男男女女前來參觀。她的第三個乳房，長在肚臍之上，比正常的兩隻大一倍，幾乎佔了腰圍全部面積，跳起脫衣舞來，一搖一擺的顫動，分外誘惑。許多貪婪的男人對著抖顫的大乳房想入非非，很想伸手撫摸一下，證明它是真是假。她為了滿足人們的好奇，索性零沽，按一下收費一個法郎，但聲明只准撫摸多出的一隻，正常的兩隻乳房，就是給金子也不許接觸。據她說：多出的乳房，和大腿無異，給人按摩又何妨，故不能認為是寡廉鮮恥的事。

據傳說，五十年前美國亞馬利羅曾發現過一個有十個乳房的婦人。她出生時和平常人一樣，只有兩個乳房。到了十七歲，竟然連接在脇下和腋旁生了幾個一模一樣的乳房。在三十二歲產下第三個孩子時還長出一個，一共是多了八個。她感到滿身乳房非常麻煩，終於到醫院求治，才給發現她是個歷史上僅見的十乳婦人。當醫生確定每個乳房組織相同，滲出的乳汁也很正常，因此不敢隨便開刀施割，直到她後來死去，還帶有十個乳房。

或許曾有過許多乳房的女人沒有被人發現，其理由是胸脯是女人禁地，除了丈夫，沒有第三人知道體中秘密，做丈夫的當然沒有理由向別人宣揚自己太太的隱私。同時，多乳是一種畸形缺憾，在女人方面是一回羞恥的事，決不會故意給人發現。

中古時代的羅馬，從四方八面俘虜來的女奴，常要裸露上身給貴族們選擇。據說，具有三隻乳房以上的女人是「上等貴」，被貴族留在客廳裏當待應，讓賓客們欣賞幾座翹起的乳峰，因稀罕為貴也。在那時，又說多乳房的婦人性慾特強，每夕可御十男而不覺疲乏。這或許是乳房是產生慾念的導火線，乳房多，慾念也相應熾烈，對男人方面居然特具吸引力，而在女人來說則是性挑逗了。根據這一傳說，可知多乳房的女人在中古時的羅馬，特別受歡迎。

瑪莉蓮夢露生活秘史

美國人仍然很有興趣談論，死去多年的瑪莉蓮夢露。關於她的生前艷迹和神秘的死因，內幕書本出版了不少，銷路都不俗。最近一位作家安東尼森瑪斯，經過十五年的資料搜集，寫成一本名為《女神——瑪莉蓮夢露的秘密》揭露她的早期生活秘史。

瑪莉蓮夢露是五十年代的性感代表，她有完美的身材，半張半瞌的媚眼，挑逗的紅唇和誇張的擺臀步姿，加上一頭金髮，顯得顛倒眾生的獨特氣質，隻身在荷李活闖出了名堂。

不過，成名的代價可真不輕。她曾告訴作家賓赫捷說，在三十歲之前，她已經墮胎十二次。因此，當她與名劇作家約瑟米勒結婚後，極端渴望生兒育女，但懷孕兩次都流產了，醫生相信那是與她早年墮胎次數過多有關。

一九四六年，瑪莉蓮夢露不名一文地來到荷李活。多年後她對記者承認，為了生活，她曾經當了一個時期的應召女郎，應召女郎有時沒有客人召喚，為了急需金錢，她甚至到酒吧「拉客」賺那些急色鬼十來廿塊錢。

她又說出影圈裏最常見的「寫劇本」故事，製片家、導演叫初出道的女演員到寫字樓，研究是否適合扮演某一個角色，女演員自然要懂得怎樣做，只要拿得演出合約，跟男人上床根本不是甚麼一回事。她說，最低限度做愛不會令人患上癌症，但是沒有合約便等於沒有前途。對於曾經做過應召女郎的夢露來說，「獻身」是稀鬆平常的事，最少未成名之前的她是抱著這個宗旨的。

娶到夢露為妻的男人並不如一般想像的享受幸福快樂，她雖然美艷極了，但每日要服食廿顆安眠藥或鎮靜劑才能入睡，而且是混和伏特加與香檳吞下去的。在外面時，打扮得艷光四射，在家裏則常常是神智不清的醉婆娘！約瑟米勒就是受不了而跟她離婚的。

瑪莉蓮夢露童年時代的生活極不愉快，曾經有兩次的自殺紀錄：一次是開煤氣，另一次是服安眠藥。可以說：她一生都有慣性自殺傾向的。成名後亦曾有自殺兩次，最後，也是以服安眠藥長眠不起。

愛因斯坦腦子之謎

偉大的發明家愛因斯坦死於主動脈血管瘤爆裂。他的遺體秘密火化，骨灰放在一處神秘地方。根據「愛因斯坦傳」作者隆納克拉克的說法：愛因斯坦死前堅持，他的大腦要提供做科學研究。

一九五五年，愛因斯坦的遺體在普林斯頓醫院做病理解剖，大腦便完整保存下來。但是，三十年來，沒有一篇有關愛因斯坦大腦的研究報告出來，連大腦現在在那裏都成疑問。

當年解剖愛因斯坦遺體的是湯瑪士哈維，他取去了大腦。一九五五年在解剖記者會上，除了宣佈愛氏死因之外，絕口不談其他。即使在三十年後，他仍然不置一詞。多年來他除了把愛因斯坦大腦切成一塊塊泡在玻璃缸裏，偶爾把一小塊腦組織提供給有興趣的神經學專家外，便甚麼也沒有做。

據說：愛因斯坦的大腦比常人重達百分之廿五，這是神經學研究者在課堂上津津樂道的事。也有不少愛因斯坦生前接受神經學調查的傳奇故事，流傳在醫學院的教室之中。可是流傳歸流傳，真正研究他的大腦結構的報告，始終沒有出現過。只有傳說：加州大學柏克萊一名神經解剖學者瑪麗安戴亞蒙，曾獲得一片愛因斯坦的大腦塊，她計算過，愛因斯坦的大腦、神經細胞，比平常人多了百分之七十三；可是由於她只檢驗一片腦，不願表示太肯定的意見。最近保有愛氏大腦的湯瑪士哈維，已從普林斯頓搬到蒙塔拿州的威士登，卻被窮追不捨的記者找到，可是他仍然拒絕談論任何有關愛因斯坦大腦的研究問題。

在調查斯間，記者發現了一個大疑案。愛因斯坦的法定遺產代理人奧圖拿珊負責整理愛氏的文獻。他說：愛因斯坦從未提過一句願意捐出大腦提供研究的話。愛因斯坦的遺言已知的是：他不希望被人「供奉」，不要建任何紀念堂。也許他已預知後世多的是賺死人錢的行業。從這樣的推理，愛因斯坦還會希望別人研究他的腦子？如果有「研究」的遺言，輪到一個籍籍無名的醫生來「保管」他的大腦嗎？這個謎還有待揭曉呢？

美農夫發明無線電話

美國有一本名為《比科學更奇妙》的書，指出在馬可尼發明無線電之前幾年，美國肯塔基州已經有一名農夫，成功地利用無線電波去傳送聲音。他才是真正第一個發明無線電的創始人。

這個農夫名叫彌敦史塔浦菲，居住於肯塔基州一個名為梅星的小鎮中，在一八九二年的某一天，他在自己農莊中一塊空地上，首次對數百個當地居民，示範了他發明的無線電話。

當日，他在空地上安放了兩個木箱，每個木箱內部有一副電話。兩副電話相距約三百公尺，其間並無電線連接。示範時，由史塔浦菲和他的兒子主持。史塔浦菲的兒子在三百公尺外用箱中的電話和他交談，而站身旁的人群，清晰地聽到電話筒中傳出自另一電話的說話，一時令他們驚詫得目瞪口呆。史塔浦菲發明無線電傳聲的事傳出之後，不少人都希望取得有關技術資料，從而產製以謀取巨利，不斷向他游說，部份人甚至向他威迫。史塔浦菲一怒之下，帶了他的「無線電話」，離開該鎮。

一九零二年一月，聖路易市《郵遞報》一位記者觀看了史塔浦菲一次示範之後，在報紙上發表了一篇詳細的報導，指出該無線電話所傳遞的聲音，可以在一公里半以外的距離，仍然極清晰地接收得到。與此同時，該記者並報導了史塔浦菲對無線原理的解釋，和他對無線電日後可能被廣泛用來傳播訊息的預測。這一篇報導引起了全國廣泛的注意。到了一九零二年五月，史塔浦菲在華盛頓作出另一次示範表演。當時無線電話分裝在一艘船上和岸上。在輪船駛離岸數公里之後，岸上和船通話，傳遞的聲音非常清楚。至此，無數的財團表示願意支持發展此項新發明，但史塔浦菲恐怕發明被盜用，決意要先行把它登記專利。但是，不幸的，他的專利登記卻沒有結果。

此後，史塔浦菲把它的無線電話資料秘而不宣，一直沒有加以發展。到了一九二九年，他被人發現死於居所，而無線電話器材及資料，卻全部失蹤。

天才白癡一線牽

有些人說：天才與白癡僅是一線之隔，當然不會是百分之百的事實。法蘭克愛華　著有《奇異的人》一書中，記述了多名同時具備天才與白癡個性的人的真人真事：

法國男童弗勒里，一出娘胎便顯得智力遲鈍，是個低能兒童，但在數學，他卻有超乎平常人的智能。

弗勒里一出世就十分不幸，雙目先天性失明，行為遲鈍，充份表現出是個低能兒童，因此，很年幼時便遭父母拋棄，由一間低能兒童院收養，童年時代便在兒童院中渡過。他唸書的成績每一科都遠離正常水準，唯獨對數學的反應異常敏銳，終於被發現是個數學天才。有十二名科學家和數學都親自考驗他，數學家要他自出一條要六十四次方的數學題，當時尚未有電子計算機出現，但弗勒里只用了三十秒就準確報出答案；科學家們再給他幾條複雜的數學題去做，弗勒里都能夠以最快的速度算出準確的答案。

瑞士名畫家戈特弗里德，一生人都不能照顧自己，是個十足十智力偏低的白癡。戈特童年時便開始畫東西自娛，他到了三十歲時仍不能自立生活，但所出來的畫卻受到歐洲畫廊的歡迎，成為名揚一時的畫家，他的一幅《貓和小狗》的作品，被英王喬治四世欣賞，買下作為珍藏。

另一名低能畫家是日本畫家山下考志，他的情況與戈特相似。山下第一次看到顏料時，把它當作糖咀嚼，經過人們指導後，才懂得是用來作畫時。一九五七年，山下的作品在一家百貨公司展覽，受到盛大觀迎，吸引了十萬人到來欣賞。現在，他仍然是日本最好的畫家之一，他常常在街頭作畫，引動途人圍觀。

杰佛里賈尼特天生殘廢，痙攣和雙目失明，但他的缺憾並沒有影響到敏鋭的思維和驚人的記憶力，他能夠背誦長長的書本，迅速地算出數學難題，但其他方面，卻又是白癡一名。在他十六歲時，雖然無法走動，但在醫生和記者面前做了一項試驗，他們向他快讀一遍英國電台的一週節目表，杰佛里隨即一字不錯地背誦出來。

路明尼加大器晚成

西德足球名將路明尼加現在已是世界知名球星了，他現年已三十歲，仍然在球場上飛奔，他打算最少拼搏至一九八六年，為西德實現奪取世界杯冠軍寶座的願望。

巴西的球王比利，十六歲已經出人頭地，路明尼加則大器晚成，很遲才踢預備組。當年「足球皇帝」碧根鮑華，認為他：「不具備名將的天賦！」拜仁慕尼黑領隊施密特，叫路明尼加替球星們提行李和挽球鞋。

路明尼加首次在西德甲組聯賽露面時，他只在最後五分鐘上陣。拜仁慕尼黑隊名將如雲，碧根鮑華拒人千里，從來沒有和這個新秀打交道；白禮拿說話粗魯而譎詭，他不知道哪句話當真才好。在一次比賽時路明尼加準確無疑的傳球與武勒射入建功時，他獲得武勒拍肩示意感謝；世界著名門將美亞用較親切的「您」稱呼他；福士也對他說：「你可以隨便和我們坐在一起談笑！」路明尼加承認當時「我的心情十分激動」，因為已被隊友們開始接受了。

名教練克藍瑪慧眼識英雄，在他指導下，路明尼加練就一套快迅盤球叩關的絕招。多蒙特隊的杜哈根說：「如果你與路明尼加對壘，那你馬上就會覺得自己面對著的簡直是一股旋風。」路明尼加的才華，直到一九七八年，踢中場的白禮拿重返拜仁，不斷輸送準確無誤的好球給路明尼加功堅，他們配合達到完美無瑕，使路明尼加脫穎而出，成為世界級球星。

如果問路明尼加，甚麼時期是他輝煌巔峰時，他就會提到西德奪取一九八零年歐洲國家杯，和拜仁慕尼黑蟬聯三屆聯賽冠軍的佳績。在一九八二年世界準決賽對法國，負傷上陣的路明尼加，在加時賽射入一球，為西德追成二比三接近局面，扭轉了劣勢，到打和後，最後以互射十二碼球以五比四氣走法國。其後對意大利決賽，路明尼加負傷上陣，經過七十分鐘痛苦的拚搏後，不得不退下火線。路明尼加至今仍為該仗敗於意大利而耿耿於懷。他說：「當我走出球場時，我覺得自己像一個逃離失事船隻的船員，甚至是逃兵。但是，如果我仍然留在場上，只會妨礙別人。」

（編按：一九八六年世界杯決賽，西德敗於馬納當拿領軍的阿根庭。一九九零年西德第三度獲得冠軍，路明尼加已退役不在陣中。）

營養失調誘發近視

近視是眼睛常見的毛病，顧名思義，近視便是只能在近距離保持視物的清晰，對於較遠的景物便看得模糊。

近視的原因，主要是來自遠方的光線未能在視覺網膜上聚焦，只能在視網膜之前聚焦，所以近視者看到遠方的景物都是一片模糊的。

近視可分成兩大類：

（一）軸性近視：是因為眼睛內的前後徑過長（超過正常的二十四毫米），如果長度越長，則近視越深。假如前後徑長一毫米，則近視可加深三百度。

（二）屈光性近視：眼睛內的前後徑長度正常，但眼球內的角膜或水晶體的屈光率增加，以致影像聚焦於視網膜之前所引起的近視。

引起近視的原因很多，大致分為六類：

（一）過度調節或輻輳：一般學生或文職人員，經常要聚精會神看書或看文件，以致習慣了過度調節視力看近物，或者是面部過闊，經常要兩眼向內側，都可使眼球發生充血和眼壓增加。日子久了便會使眼球拉長，眼球的營養供應不足，結果引致眼球內壁的變性和萎縮，引致典型的近視。

（二）遺傳因素：有學者指出近視是可以遺傳的，尤其是軸性近視。印度一位學者近視學生，發覺有四成是由遺傳引起。又有發現三百名近視很深的患者之中，有六分之一由於遺傳因素。

（三）內分泌的紊亂：如糖尿病或胸腺甲狀腺及副甲狀腺分泌失調，以致誘發近視。

（四）營食的失調：特別是維他命D和磷質、鈣質的代謝失調，都促使近視的發生。

（五）眼睛的疾病：如鞏膜及脈絡膜發炎、先天性視神經過短及鞏膜先天性衰弱，也是引致近視的重要原因。

（六）全身性的疾病：如痲疹、結核病和梅毒，對促成近視也有一定影响。

香港人所患的近視大部份是由於觀看近物所引起的。所以看書時保持適當距離、燈光照明度充足、看書的時間不可太長及注意身的健康，是預防近視的最佳方法。如果患上近視便要戴眼鏡，否則近視會加深的。

花生油好過粟米油

近代人對於膽固醇都非常敏感，膽固醇過多，可以導致心臟病及中風，因此在食物選擇方面，盡量避免一些含膽固醇過多的品類。就以日常烹調食物的油類來說，西方人已減少用動物性的油脂，改用植物性的油脂；而東方人亦改用粟米油去代替傳統慣用的花生油，據說粟米油的膽固醇含量較微少。不過，研究指出：植物性油脂之中，花生油及橄欖油，對減少人體血液內「不良膽固醇」的功能，遠較粟米油為高。食用花生油或橄欖油，比用粟米油，對健康更有益。

要了解花生油及橄欖油對削減膽固醇的功能，必須明白膽固醇的性質及它在人體上所起的作用。首先，膽固醇是人體所必須的一種物質，它是製造細胞膜、神經纖維及各類性荷爾蒙的主要原素之一。我們的身體本來可以製造自給自足，但從外來食物中，亦可以吸攝到膽固醇，假如吸納過多的話，便會積存在血管壁中，令血管呈現阻塞，導致突發生心臟衰竭及中風等疾病。所謂膽固醇過多，就是指這種情況。其次，人體內的膽固醇由肝臟製造。為了要將膽固醇輸入血管中，肝臟同時產製出一種特殊的「低密度脂肪蛋白」把膽固醇予以包裹，傳送至人體各部份以供應用。與此同時，肝臟亦製造出另一種「高密度脂肪蛋白」，其功用是在血管之中，將部份剩餘的膽固醇搜集，重新輸回肝臟中，加以分解及排泄出體外，具有清道夫的作用。

低密度脂肪蛋白含有膽固醇如果太多，便會積存在血管壁上，對健康造成損害，營養學家因此稱它們為「不良膽固醇」；而高密度脂肪蛋白，由於具有清除多餘膽固醇的功能，因此被稱為「良性膽固醇」。人們聲稱的抑制膽固醇含量，其實是指減少「不良膽固醇」。

花生油和橄欖油就具有清除不良膽固醇的特殊功能。至於粟米油對不良膽固醇的抑制功能，遠不及花生油和橄欖油。因此，要防止膽固醇對健康所產生的不良作用，花生油和橄欖油都比較理想。

大笑有益可代運動

要保持健康，最佳方法是進行體能運動，但有些人生來不愛運動，又或因客觀因素限制而無法進行運動，就得別尋保健的方法。

美國史坦福大學醫學院的心理分析學教授威廉法拉博士認為：如果一個人無法從事體能運動，他可以利用「大笑」來代替。大笑對身體所起的運動作用，實際上和較激烈的體能運動相同，對健康的補益程度相等。法拉博士說，大笑一直被醫學界稱為「原地踏步」的另一種形式，原因是大笑和跑步或游泳等運動相同，能夠使人們的心臟獲得極佳的鍛練。大笑能夠增加呼吸系統的運作速度，使更多的新鮮空氣進入體內，同時將肺部內的廢氣更快速而徹底地排出體外。一場暢快的大笑，更會加速血液循環，其後果是增加了血液運送氧氣的速度，把更多的氧氣和從食物析解出來的養料，運送至身體各部份，對健康及體力的增強，有極大的補益。

除了上述的幾種好處之外，大笑還有一種額外的利益。原來，每當一個人開懷大笑一次之後，血壓會出現一段短時期的低降，通常是低降到正常水平之下。這種短期血壓低降現象，就等於給予身體各部份器官以一段短暫的休息，減低了身體緊張的程度，對心臟特別有利。

法拉博士更發現，當一個人大笑時，身體內會分泌一種化學物質——兒茶酚胺。此種化學物質，是荷爾蒙的一種，具有令身體處於「動員戒備」狀態的功用。亦即是說，此種荷爾蒙是支持身體作出行動的刺激。它的出現，令人行動敏捷輕快，甚至心情輕鬆，對抵抗精神沮喪，情緒低落，有極大的幫助。

從上述各項效益中，我們可以想見「笑」在健康上所起的積極性作用。法拉博士認為，任何人都應該多去接觸一些能夠引發開心大笑的事物，盡量找尋笑的機會，而培養幽默感是獲得大笑機會的最佳方法。如果一個人能夠經常大笑，即使他缺少運動的機會，也一樣能　從大笑之中，獲得運動所提供的健康效益。

食品美容勝過化妝

使用化妝品來保持容顏美麗是最不可靠的方法。根據美國健康協會研究所得，美容的秘訣是靠均衡的營養，下例的幾種食物，可以使你更美麗，更健康。

草莓（士多啤梨）是水果類中最有營食價值的，含維他命C而熱量低，經常多吃，使牙齒和牙齦健康，滋潤皮膚，令肌肉色澤漂亮好看。

肝臟也是一種美容食品，每星期最少烹一味牛肝或雞肝，可以改善指甲容易折斷的缺點，又使眼睛明亮，皮膚健康，增加活力。肝臟所含大量鐵質，正是美容要素，使你在不化妝時也臉色紅潤。

牛奶不只是兒童的必需品，成年女性也一樣需要，有人以為骨骼長成後，便不必補充鈣質，其實骨骼一樣有新陳代謝，如果不注意營養的補充，在四十至六十歲期間的女性，骨骼會特別脆弱，影響體形和姿態。

雞蛋有助你的視力，使眼睛明亮，皮膚滋潤，頭髮有光澤，雞蛋所含的蛋白質，最易消化和吸收，多食可使容顏嬌嫩。

捲心菜（椰菜）能促進美容，對肌肉，膚色，牙齒和牙齦，骨骼等都有好處，而且能幫助腸胃正常活動。有良好的消化系統，少會有好的儀容和健康的身體。

無論蔬菜或水果，都是最佳的美容食物，尤其對皮膚的美影響最大，因為蔬果中所含的水份極為大量，有這些營養水份，那就不易形成皺紋。蔬果最好生吃，如小黃瓜，紅蘿蔔，生菜等，如果洗得乾淨，不妨生吃，維他命也不會因烹調而損失過多。

無論你是否在節食，碳水化合物都是不可缺少的，它是身體精力的燃料，缺少碳水化合物，口角容易潰爛，皮膚乾，精神不振，所以每餐都要維持一定分量的澱粉質食品。

凡是被專家列為美容食品的，都有下列特點：屬天然食物，不含過多調味品，熱量低，還有多種維他命和礦物質及其他基本營養，使身體吸收後，每個部份都健康正常的發揮作用。

標準身材戒暴飲食

無論男女，都想有理想的標準身材。

根據美國醫療食品專家莊臣宣稱：男人理想的體重，應該是五呎高者，重一百零六磅，往後每增高一吋，則相應增加六磅；女人則高五呎者重一百磅，往後每增高一吋，則相應增加五磅。但大多數男女，都有身體過重的趨勢。

他指出：避免過重的頭一個步驟，是首先應了解吃過多的原因。莊臣提出解決原因及辦法是：

（一）易受外界的影響。解決辦法是：找出刺激吃東西的慾望的因素，把食物放在看不見的地方，不餓不吃，吃飯時不做其他的事。

（二）不願浪費食物。解決辦法是：開始每餐吃飯時數量少些，一吃完飯，含一塊無糖香口膠，用以咀嚼，可減少吞食習慣。

（三）狼吞虎嚥。解決辦法是：定出吃每餐飯的時間，不到二十分鐘，不離餐桌。咀嚼食物時，放下叉、匙，細咬慢咽，品嚐食物，欣賞周圍的氣氛和人群。

（四）用吃東西以消磨時間。解決的辦法是：不要在周圍放著隨時可吃的東西。做做體操，或打電話和朋友閒談，做你喜歡做的事，讀一本你想讀的書，但不要在廚房中讀，以免引起你的食慾。

（五）錯過吃飯時間後來大吃特吃。解決的辦法是：在清晨鍛鍊身體，使得在早上或下午較早時，感到肚子最餓。嘗試一天吃六頓飯（少吃多餐），在早餐和午餐時攝取主要的營養。

（六）有吃快餐的嗜好。解決的辦法是：計劃每隔一天，然後每隔三天，每隔一星期吃一次。每次吃快餐時，不吃整份，只吃一項，如只吃漢堡包或薯條。吃快餐前先吃點水果，最好是蘋果。若不喝奶昔，則不妨吃一些卡路里不高的甜食。

（七）因心情不好或激動而吃東西。解決辦法是：應認識到食物並不能解決問題，也不能穩定情緒。此時，不如洗一次熱水浴，聽愉快的音樂，或在黃昏時刻出外散散步舒發心情。

總之，要尋求標準身材的秘訣，首要戒掉暴飲暴食。

對「緩跑」別有見解

自從費克斯（James Fixx）撰寫《緩跑全書》出版以來，掀起了全世界的緩熱潮，作為保健運動。

對於這個時髦的「緩跑」，美國資深體育編輯烈治曼有他的見解。他說：「為了身體健康而緩跑，在我看來，是對無知，天真者的最大玩笑。我看到許人眼神鈍滯，氣喘如牛，還要閃躲單車和氣車在街上跑，實在搞不清他們在追求甚麼？

「醫生告訴我，他們最愛緩跑者。此點不難理解，因為緩跑者發生從腳，腿到循環系統的各種毛病，對醫生的收入貢獻很大、比醫生更愛緩跑者是鞋商。緩跑者使鞋商發了做夢都不敢想的財，現在這些鞋商天天祈禱緩跑能對人有益的神話不要被拆穿。

「如果緩跑真的並非對人人有益，而只使某些人受惠，請醫生或任何其他人告訴我，誰能判定甚麼人緩跑有益？甚麼人會受害甚至送命！還記得撰寫《緩跑全書》的費克斯及前奧運划艇選手基利吧，他們體格非常好，可是都在緩跑時倘地不起，雖然他們都認為緩跑使他們保持健壯。（編按：費克斯於一九八四年一次日常緩跑之後心臟病發死亡，終年五十二歲）我看到有些緩跑者忍受身體極大的痛苦，好像快要死了！我常懷疑，他們為什麼要如此懲罰自己。這使我想起一個故事說：有一個人不斷以鐵鎚敲頭，當被問及為何這樣做時，他說，因為一旦停止時他感覺舒服透了！

「有些緩跑者，特別是女性說是為了減肥而跑。他們可真的自找麻煩，其實大可以用更簡易的方法，例如少吃些來減輕體重。

「也許是我的想像，可是我所見到的緩跑者大部份是三十五歲以上的人。我不敢自認了解何以緩跑對中年人的吸引力大於青年人，只能猜說，或許年長者認為緩跑能使他們看來輕年輕或更具『運動細胞』。如今運動服裝成了流行服裝，也許能說明此點。

「我個人認為：經常散步就很足夠了。如果還要多動一下，游泳更有益。如果要，不要像烏龜一樣蹣跚而行，要全力衝刺，你的血液才真正暢流。我已經六十三歲，幾位棒球球探認為：我可能是全美六十碼跑得最快的人。當然，只能和同年齡的人比。」

運動過度導致死亡

近年來，不論男女對健身運動有一種狂熱的趨勢。運動無疑是對健康有莫大裨益，但運動過度，效果可能適得其反，嚴重的甚至會導致死亡。

最近，美國阿里桑拿州州立大學醫學院，一位心理分析及兒科教授阿尼逸慈博士，向健身運動迷提出警告，指出不少運動狂熱者，是患上一種他稱為「病理性運動」的心理疾病，這些人罔顧自己身體上已存在的生理疾病，依然進行激烈的運動，不少人因而死亡。此類人患的，其實是一種過度熱的心理疾病，他們對運動的沉迷，已達到了病態的地步，因而對運動可能產生的嚴重後果置諸度外。他們即使身體上出現了病癥仍然不休止地運動，結果是可以想見的。根據紀錄，在過去兩年中（編按：本文於一九八五年發表），單在美國，就有超過數百名此類病人，健康受到嚴重損害或死亡。

有一位二十四歲的女子，以緩跑運動來減肥。但在她的臂體臀骨之後，由於恐懼停止了緩跑會令她的體重回升，便繼續跑步，結果導致下肢殘廢。

另外一個更明顯的例子，是有關緩跑始創人費克斯的死亡。費克斯首先提倡緩跑，寫過多本有關緩跑對健康有益的著作，成為喜歡緩跑運動者的經典。他本人身體力行，每日進行緩跑。去年心臟出了毛病，仍堅持每日跑完規定的哩數。結果他在緩跑進行期間，心臟病發，死於跑道上，這一件事在美國極為矚目。

上樓梯可以延長壽命

過去十年來人們熱還於緩步跑的運動，已逐漸式微了。緩步跑的「始創人」費克斯在一次緩步跑時倒地身亡，死時年僅五十二歲。

從那時起，矯形外科醫師，婦科及心臟病學家發出警告：過分劇烈運動是十分危險的，無論是緩步跑、馬拉松跑步或是健身操也是一樣。不少在多年來勤於緩步跑的年青婦女，也承認過度運動對保持健康是無補於事的。

最近，新興的運動是步行和踏單車，這是比較柔和的運動，對健康大有益處。科學家調查顯示，人類應該多些參加適當的戶外活動。《新英格蘭醫療雜誌》刊登了調查顯出：在一九一六至五零年進入哈佛大學就讀的一萬七千個學生之中，成為最佳運動員及保持運動紀錄的學生，進校後的健康情況，並不比蛀書蟲為佳。加州洛杉磯大學和史丹福大學進行的兩項科學調查顯示：適量運動及戶外活動，跟激烈運動同樣可保持健康。

此外，《新英格蘭醫療雜誌》調查報告中顯示：人們只需要走一級樓梯，便可以把生命延長四秒鐘。所以現在應該是大爭取步上樓梯的機會，不要總是依賴電動樓梯或升降機代步的時候了。這一份由史丹福大學巴非巴格博士完成的研究報告，是以一萬七千多名哈佛大學畢業生為調查對象，發現男性每星期在步行、遊戲或上樓梯這些運動上所消耗的熱量，約為二千卡路里，而他們的死亡率，竟比那些不喜歡做運動的人，低四分之一至三分之一不等。巴非巴格博士說：該項研究的目的，是希望人們明白到運動對於保持身體健康的重要性，就算最簡單而沉悶的運動，如步行樓梯等，都是不容忽視的。若以博士的計算推論，當一個人爬完七十級樓梯之後，他便可以消耗廿八卡路里熱量。如果希望一星期消耗二千個熱量的話，則必須爬足五千級樓梯。換句話說：如果一位男士自三十五歲開始，每星期登五千級樓梯（即每天七百一十級），待他到達八十歲時，便可以比別人多活兩年。

不需節食保苗條

自古以來，女士們為著保持身段苗條，多數採取節食，所謂「楚王愛瘦腰，宮娥多餓死」。現代婦女也多勵行節食，以致患了厭食症而玉殞香消的大不乏人。如今，一些專家研究結果，要經常保持身段苗條，並非一定要依賴節食或運動，只要食得其法，一樣可以達到目的：

（一）真正感到飢餓時才去進食。所謂真正飢餓，係指生理上出現明顯的飢餓感覺，有所需求。很多人往往在略感飢餓，或以為是飢餓時，就急急進食，這是導致進食過多，增加多餘脂肪積聚的主要原因。

（二）在平靜的環境及心境下進食。很多人都習慣在看電視、閱讀書報或聆聽音樂的情況之下進食，往往會對食量失去自制，因此進食時應該盡量減少足以分散精神的因素。

（三）要著進食。坐下來細嚼慢嚥，集中注意力在所進食的食物上，會令心理及生理感到滿足，自然不會過量。

（四）要在身心鬆弛的狀態之下進食。如此，對食物的滋味有較深的感受，更易獲得滿足，就不會飯食過量。

（五）選擇你最喜愛的食物進食。不要為了減肥或任何其他原因而對某種食物作出強逼性的捨棄，想吃就去吃。太多的禁忌，反會激發對「禁品」的渴求慾望，而且由於對某類食物的過度缺乏，生理上自然會從食物中尋求平衡，結果會出現異常的要求，食量反增。

（六）進食時進食，交際時交際。在集體進食的場合中，把交談與進食分開，用交替方式進食，能夠令心理上對食物產生更大的滿足感，不會失去自制。

（七）進食應慢嚼深嚐。慢嚼欣賞食物，心理上易獲滿足，感覺上很易飽。

（八）適可而止。很多人都誤會，必需胃部脹滿才算吃飽。其實，那是已經超額。最理想的放下碗筷時間，應該是感到「舒服」的時候，而非「脹滿」的時候。「飽脹」與滿足的分別，必需加以體會和分辨，才不會進食過量。依照上列八法進食可保苗條。

睡眠八法治失眠

由於生活緊張，現代人患上失眠的已極為普遍。根據美國方面的報告，美國人患失眠的數字，高達四千七百萬人。

美國醫學協會與一些醫學權威，根據調查結果，提出一系列解決這頁困擾的方法，詳載於一本名為《美國醫協會簡言：並非廢話的安眠指引》的新書中，提供了幾項治療的方法：

（一）維持規律性：無論是每晚的睡眠或白天小睡，均應盡量維持在同一時間上床及醒來，這包括周末及星期日，不要以為放假時可以遲一點起床便推遲睡眠時間。

（二）留意食物及進食的時間：不同的食物，會帶來不同的催眠及提神的效果。在晚上的時候，應避免喝咖啡及茶等含有咖啡因的飲品，它會你難於入睡。富蛋白質的食物有提神作用，而碳水化合物的食物則有催眠作用。若有睡前吃小食的習慣者，吃後會睡得好，相反地，沒有此習慣的人，以不吃為佳。

（三）規律性地運動：運動可以令人睡得較熟，而熟睡是令人休息的主要因素，因此在睡前做一些運動，儘管只是舒展筋骨，亦對睡眠有幫助。

（四）制定自己的睡眠程序：這種程序可從睡眠前約一小時開始，選擇自己喜歡的。例如看電視的最後新聞報導，主要的要養成一種習慣，告訴自己做完這項程序後，便是上床睡覺的時候了。

（五）睡房只作睡眠用途：不應讓在睡房中進食、讀書、聽音樂，講電話甚至當作辦公室，睡房只作睡眠用。

（六）保持睡房適中溫度：過高溫度如攝氏廿四度左右，會令人易醒。但太低溫亦不適宜，應選擇最令自己覺得舒服的溫度。

（七）選擇一張舒適的睡床：無需理會款式，但如果背部有毛病的人，最好選擇一張較硬的床褥。

（八）保持睡房黑暗：儘管一個人已閉上了眼睛，光線亦會令人甦醒，故應盡量將睡房保持黑暗。如果無法做到，便考慮使用眼罩。

維他命過多無益

維他命是能夠補充人體需要的營養品，所以在很多人的心目中，維他命多多益善，大量服用維他命丸以增強身體的收益。現據營養科家發現，過量的維他命，反而會影響人體，即使是水溶性維他命，雖然會迅速離開身體（例如在兩小時內攝取一千毫克維他命C，九百五十毫克會從尿液排出），但也會在通過人體時帶來反效果。像輕微痢疾，腹部抽筋或甚至部份人會凝結膽石；不過，如果突然停止服食過量維他命C，因人體已習慣了，便會可能產生壞血病。

被用來治療女性經前緊張及兒童活動過度的維他命B6，倘若份量過多，是會帶來神經系統的毛病，像痲痺，行動不便，劇痛及失去正常反應；如果在停止服用後，這些徵象便會隨即消失。

維他命A、D、E及K可貯藏在人體脂肪中，所以過多的份量，可聚積至毒性水平。維他命A在比較稀有的病例中，即使攝取量只比正常所需高出十倍，也會導至中毒，病徵包括頭痛、作嘔、表皮及頭髮脫落、疲倦和失眠、腫脹、骨骼疼痛、肝和脾臟發大，在懷孕期間服用過量，可導至產下畸胎。

維他命D過多，就會出現肚痛，失去食慾、作嘔、頭痛、下痢、尿液過多、頻頻口渴、令鈣質積聚在柔軟的組織中，骨痛、虛弱、白內障及腎臟失調：停止服用過量，病徵大約持續一年左右才能夠消失。

過量的維他命E，最大的可能是摧毀維他命K，以及增強抗凝固劑（血液）的效果，這會導致出血。因此，服用抗凝固劑的病人，應該提高警惕，不能再吃維他命E補充品，以免發生危險。也即是說，維他命E和維他命K有相反的效果，維他命K是促進肝臟合成凝血元素，幫助血液凝固使傷口易於癒合的。

嬰兒服食過量維他命K，可導致貧血和患黃疸，因此不可不慎。

服食麻醉劑及類似阿司匹靈藥物以減輕痛楚的病人，用時服用維他命K，則可增強這些藥物的效力。

多吃魚類可防疾病

根據美國近年來的研究發現，魚類食物不但營養豐富，而且有極高的醫療效能。假如每星期食用二百克（約七安士）至二百八十克（約十安士）的任何種類魚肉，不但可以減低心臟病的危機，而且更可以克服多種疾病，包括乳癌及惡性偏頭痛等。

何以魚肉具有如此廣泛的治病功能？原來魚肉中含有一種稱為「奧米加3」的聚合非飽和脂肪，此種特殊的脂肪，是魚類所獨有。根據研究，此類脂肪，對人體內的化學物質，產生多方面的影響，令它們出現改變。

首先，它能阻止某些乳癌瘤腫的成長，其次，它能夠刺激血液中一種防止發炎物質（前列腺素）的增加，而此種荷爾蒙能夠減輕關節炎的痛楚；其三，它能夠防止或減少偏頭痛的痛苦程度。原因是，一般偏頭痛的形成，大多是由於缺乏「奧米加3」而令腦部血管收縮所致。要獲得足夠的「奧米加3」，目前有多種魚油可供食用。不過，一般營養專家卻不主張服食此類魚油。他們認為：最佳的獲取魚類脂肪的方法，是在日常食物之中，多食魚肉。

一般來說，海產魚類中所含的「奧美加3」份量，較淡水產的魚類為多。身體越肥，含脂肪量越多的魚類，它們所含的「奧米加3」份量，也就越豐富。

至於進食魚肉的方式，不論是生吃（魚生），或煎、蒸、煮；甚至食用罐裝的魚肉，其效果都相同。平均地來說，每星期能夠進食不少於二百克（約七安士）的魚肉，便能獲得「奧米加3」所提供的治療性功效。當然，能夠食用更多的份量，所獲得的效益更多。

對於一些不喜歡肉類食物的人，專家提供了一個折衷的辦法，就是可以每日服食定量的鱉魚肝油。通常，以每日一茶匙最適合。超過這個份量，則對身體反而有害，因為過多的魚肝油，可能令身體內吸攝過量的維他命A和D，這兩種維他命太多的話，是會產生毒素，對身體無益而有害的。據此，多吃魚類，不但可享口福，也有益健康精神爽呢！

淋熱水浴慎防損害

由於居屋窄隘，浴室設備多數以花灑淋浴代替浴缸。南方人喜歡每天沐浴，在經過一日辛勞工作回家之後，來一次熱水淋浴以消除疲勞，使身心愉快，的確無上的人生享受。

但是，根據美國匹茲堡大學公共健康學院一批研究人員最近所作的一項研究發現：熱水淋浴，雖然有驅除疲倦令人有舒暢輕鬆的功效，但卻會令人的健康受到損害。原因是該批研究人員發現，所有經過處理的自來水，大都含有兩種有毒的化學物質。那是三氯乙烯及氯仿（即用作麻醉劑的哥羅芳）。這兩種化學物質，在水中被加熱後，便會游離在空氣之中。人們在進行熱水淋浴時，浴室內的空氣，瀰漫著此兩種毒質，淋浴者吸入之後，對身體有害。

根據主持該項研究的化學家萊莉安愛德曼博士指出：該兩種有毒化學物質，經由呼吸道及毛孔吸入，較經由食道（即飲用）吸入，對身體所造成的不良影響要大得多。與此同時，研究人員更發現：進行熱水淋的時間越長，浴室中空氣內所凝聚的此等化學物質亦越多，但採用浸浴，則危險性較低。研究人員曾作出一個比較：一次十分鐘的熱水淋浴與一次同樣時間的浸浴相比，浴室內含該等有毒物質的數量，剛好是二與一之比。前者較後者多出一倍。假如你習慣於淋浴而又希望避免害，愛德曼博士提供了幾點補的辦法：

（一）淋浴的時間要盡量短促，水溫要盡量減低至身體可以忍受的程度，即是越冷越好。

（二）把花灑頭的噴水力強度調較至最大。

（三）在進行淋浴時，要把浴室的窗稍為敞開，或把抽氣扇開動，使空氣流通。

（四）假如浴室並放置有洗衣機或洗碗機的，當這些機器在進行洗滌運作時，要盡量避免進行淋浴。原因是它們開動時，由於機內的水被加熱，一樣會出相同的有毒化學物質。

愛德曼博士認為：浸浴的方式，較淋浴安全得多。不過，對習慣喜歡淋浴的人士來說，淋浴比浸浴更舒暢適意。但是，應該以冷水淋浴則較佳。

多種免疫能力缺乏症

自從發現愛滋病以來，人們都聞之色變，原因是愛滋病所引起的後天免疫力缺乏，使患者的身體喪失免疫能力，是一種可怕病症。

其實，引致身體喪失免疫單力的因素，還有很多，又何止是愛滋病一種。

根據世界衛生組織的公佈，較常見而又足以引致身體免疫能力不足的疾病，主要有下列十二種：

（一）嬰兒X染色體失常而引致血液中丙種球蛋白缺乏；

（二）選擇性血中免疫球蛋白缺乏；

（三）嬰兒短暫性血內丙種球蛋白過少；

（四）X染色體免疫能力不足併帶育免疫球蛋白M過高；

（五）胸腺發育不全；

（六）伴有正常血清球蛋白或血內免疫球蛋白過高的免疫能力缺乏症；

（七）伴有毛細管擴張運動失調性的免疫能力缺乏症；

（八）伴有小血板減少及濕疹的免疫能力缺乏症；

（九）胸線瘤的免疫能力缺乏症；

（十）伴有全身性造血器官發育不全的免疫能力缺乏症；

（十一）伴有難產或腺甘酸氨基酵素缺乏的嚴重連帶性免疫能力缺乏症；

（十二）其他導致免疫能力缺乏的疾病。

無論這些疾病是先天性還是後天性發生，它們必然會損害到體液免疫能力（即損害B細胞功能）或細胞間質性免疫能力（T細胞受到損害），才會引致免疫能力缺乏。

如果是由於先天性的缺陷而導致的免疫能力缺乏症，多數會在小孩子身上發生。這些小孩子由於抵抗力差，故此經常受到疾病的困擾，大部份病童都會早年夭折。

至於後天性免疫缺乏症，則可能發生在任何年齡的人士身上。如果病者能夠及早把引致免疫能力缺乏的因素消除，便可能挽回身體的免疫能力了。

八種因循令節食失敗

根據美國一位營養學專家彼德米勒博士指出：一般人節食減肥之所以不能成功，主要是由於他們意志力不足，內心經常存有種種自我原宥或因循苟且的念頭。在他數十年來與節食人士的接觸之中，發現有八種經常出現在節食者心中的想法，導致功虧一簣。

（一）欲速不達。很多節食者經常都會認為自己體重下降的速度太慢，因而心灰意冷。其實，節食是一場持久戰，細水長流，才是節食減肥之道。

（二）經常與別人比較，認為自己無法獲致與人相同的節食效果。其實，每個人的健康情況，體重的多少及對節食減肥所訂定的目標均不相同；因此不將個人的情況和別人比較。

（三）把節食失敗的原因，諉諸工作太忙，這祇是一種藉口。事實上，如節食要選擇適合的時間，那就永遠無法成功。

（四）拖延時日。很多人都會對自己說：「明天我一定決心節食。」這是自我欺騙的因循心態。

（五）補過式節食，大部份的節食者，幾乎都有這樣的心態：「今天吃得太多，明天吃少一點。」這種時而放　，時而緊縮，暴飽暴飢的想法，是破壞節食的主兇。如此做法，把減肥的功效破壞無遺。

（六）淺嘗無害。這是常見於節食者的通病。遇到喜愛的食物，禁不住誘惑，以為略食少些，並無大害。但是一旦開禁，食慾泛濫，一發不可收拾，難以控制的。

（七）嗜食如命。很多節食者表示他們天生好食，因此無法抵受誘惑。其實，這祇是一種藉口。如果有心節食，便應立定心腸，和嗜食的衝動作殊死戰，不能退讓。

（八）祇有食物才令我快樂。這也是部份節食人士心中經常出現的想法。事實上，食物所給予的快樂，只是短暫性的。有心節食的人，必須以堅強的意志，向長遠目標努力，多想一下節食成功後的快樂，少追求一時之快。

認識疲勞戰勝疲勞

在緊張的都市生活中的人們，為了應付各種情況，都會感到不勝疲勞。疲勞的成因，除了腦力與體力過度消耗之外，還有不少其他的因素，包括進食習慣、生活方式、情緒變動、心理狀況及環境影響等。

有關導致疲勞的原因，很多人都會被一些廣泛流傳，但卻似是而非的說法的左右。心理學和營養學家指出：假如對形成疲勞的真正原因有所認識的話，人們便有效地戰勝疲勞。以下是幾項有關疲勞形成的流傳觀念，其中不少是不正確的，專家們一一指出其謬誤並更加以糾正。

（一）很多人以為維他命丸或礦物質，是體源泉，多食可以防止疲勞。此說其實不正確。維他命與礦物質本身並不能提供精力。它們的功能，只是幫助身體將吸攝的食物，轉化成體力，其功效類似於化學變化中的觸媒劑。事實上，服食過某類的維他命，像維他命A、D及K等，反而會令人更易疲倦或焦躁不安。

（二）一頓豐富而足量的早餐或午餐，可以令人有足夠的體力，整日精神奕奕。這種說法，其實也是不正確的。在任何特定時間進食太多的食物，只有令人昏昏欲睡，精神疲倦不振。任何飯餐，如果食物量較少或中等程度，而食物中含有蛋白質及足夠的複合性碳水化合物，與及脂肪含量又偏低的話，且可以令人精神高張，充滿精力。

（三）很多人以為從事體力運動會令人疲倦，事實剛巧相反。經常性的運動，不但可以增強精力，而且可以袪除疲勞。特別是經過整日工作之後進行運動，日間的疲累，可以一掃而空。

（四）含有咖啡因的飲品可以提神及驅除疲勞。這是不完全正確。咖啡因只能提供暫時性的刺激，提神的功效極短暫，而且刺激過度會使精力大幅度下降，疲勞感會較先前更甚。

（五）慣性疲勞的成因，完全基於生理因素。此說亦非絕對正確。一個人如果感到疲倦，真正的原因，可能是情緒受到壓抑。如果有這種情況出現，應該求教於心理醫生。

七種頭痛十項預防

生活緊張繁忙，使都市人經常受到頭痛的困擾，尤以女性較男性為多。

頭痛雖然是一種小毛病，通常出現一個短時期之後，多數能夠不藥而癒。不過，頭痛也可能是某些嚴重生理疾病的徵兆，不能完全忽視。下列是專家們提出可能預示嚴重疾病的七種「頭痛情況」：

（一）假如痛感不斷加劇，或頭痛出現的頻率增加，那是一個嚴重疾病出現的或醞釀徵兆。

（二）頭痛兼有作嘔、暈眩、視力模糊，短暫記憶突然消失，或感覺反應遲鈍等情況，也是體內出現問題的警號。

（三）假如本來身體已有病，如腎臟機能衰退及血壓高等，而在此情況下出現頭痛，顯示病情加重或有變。

（四）因頭部受敲擊或碰撞而出現的頭痛，可能顯示腦部受傷。

（五）服食過量「成藥鎮痛劑」而產生的頭痛，是身體對該等藥物出現不良反應的警號。

（六）假如頭痛的程度，達到干擾日常生活，而其持續性影響到性情暴躁或出現異乎尋常的行為時，更不能予以輕視。

（七）假如頭痛突如其來，而且痛感極其尖銳，那可能是患上動脈的癥象，原因是血管壁受瘤腫影響而擴張。遇此情況應立即求醫診治。

專家們同時提出了十項防止頭痛的方法：

（一）要睡眠充足，但不能過多，最好是起眠定時。

（二）進食時間有規律而且固定。

（三）避免足以引起血管擴張的食物。有多種食物，包括陳年乳酪、香腸、午餐肉及朱古力糖等都含有谷氨酸單納。此種化學物質能令血管擴張，導致頭痛。

（四）多作體能運動，但不要過度劇烈。

（五）少飲酒，特別是紅酒之類，它們大多會有「宿醉難清」的後遺影響。

（六）坐立姿勢要正確，以免頭部肌肉及下背部受到過大的壓力。

（七）不要維持同一坐姿過久。

（八）盡量少服阿斯匹靈等止痛藥。

（九）少飲含咖啡因的飲品。

（十）盡量令精神鬆弛，遇到壓力太大的事情或場合，應該暫時「逃避」一下。

睡眠十法可免失眠

失眠的滋味不好受，有些人依賴安眠藥及鎮靜劑來幫助睡眠，這個方法只可短期使用。因為安眠藥及鎮靜劑使用的劑量會越來越大，容易發生中毒。而且服用藥物會干擾正常的睡眠習慣，令快速動眼期及非快速動眼期的第三、四期睡眠受到抑制，假如一旦停止用藥，患者更容易失眠。故此使用藥物幫助睡眠，絕對不是長久之計，要幫助自己入睡，專家提出下列十點意見：

（一）劇烈的運動只適宜在日間進行，在睡前做點瑜伽，冥想等活動，可能會有助於睡眠。

（二）找出自己的生物時鐘規律。因為人的體溫會隨生物時鐘而有不易查覺的改變，比如，一般人夜間的體溫會稍為下降，所以能安睡。

（三）睡前要拋開一切煩惱，儘量鬆馳神經，例如看些溫馨的電視節目和書籍，然後才睡覺。被子和睡床要舒適溫暖，而且被子也不要太重，以免妨礙熟睡。

（四）睡前可以喝熱牛奶或含蛋白質的小食，但不要吃含糖份高的食物，更不可以飲咖啡、濃茶、朱古力等飲品，避免產生提神功效而致無法入睡。

（五）睡覺時不可戴頭罩等東西，這樣會妨礙睡覺時頭部血液循環和氧氣供應，引致頭痛，甚至會令心臟跳動不正常。

（六）失眠可能是習慣性的，不妨改變睡房的陳設或睡床的位置，可能會對入睡有幫助。

（七）當你在床上輾轉反側不能入睡，不要因此而惱怒，因為情緒越不平衡，便越難入睡，不如起床去看書，編織毛衫或做其他輕便的工作，到等有睡意時再去睡覺。

（八）有些人不能入睡的原因，是因為他們睡覺的時間過多，不妨嘗試適量地減少睡眠時間，可能會令他們更容易入睡。

（九）有些人不能入睡，是因為想著一些事情而煩惱起來，不妨礙設法解決此事，否則失眠是會繼續纏擾下去的。

（十）如果上述九項建議都不能幫助失睡者入睡，便應該去看醫生。不過切記依照醫生指示服藥，切勿自行其事，以免發生危險。

靜躺亦可消除疲勞

人類一生中大概有三分一時間是在睡眠中，因為每天有二十四小時，通常睡眠佔了八小時來恢復日間緊張工作中的疲勞，倘若能夠有好睡眠，翌日起來便會精神奕奕。

根據專家們最新的睡眠研究，促使人類入眠的是體內所分泌出一種重量只有數億分之一公克的「睡眠物質」。這種可分成若干類的睡眠物質，在體內積存，就會促使人們安然入睡。嬰兒的睡眠時間特長，就是由於母乳含有極多的睡眠物質；而母乳中所含睡眠物質的量，隨同嬰兒睡眠的減少而減少。最不可思議的現象是，睡眠物質的分泌量會配合自然的韻律或增或減，就像我們的體溫、脈搏、血壓、各類荷爾蒙的活動一樣，以一天為單位，有其一定的韻律。原始時代，人類日出而作，日沒而息，於是睡眠物質即於日　後逐漸增加分泌量，促使人們入夢。

以性質分類：醫學上的正式名稱是「快速眼球運動睡眠期」，和「非快速眼球運動睡眠期」；後者又可分成四個階段。前者可稱為「體力休息期」。因為控制運動肌肉、脈搏、呼吸、血壓等的自律神經處於休息狀態；而後者則是腦部呈現休息狀態，所以不妨稱之為「腦力休息期」。健康成人一夜睡眠的經過：最初出現的是腦力休息期，約九十分鐘後才進入第一次體力休息期，隨後腦力休息期與體力休息期即以約九十分鐘為一周期交替出現，而使我們身心的疲勞得以消除。

一般人都認為每天要睡足八小時。其實，八小時只是一個平均數字，睡多久才能完全消除身心疲勞，因人而異，有很多人抱怨睡不著、睡不夠。很多人在睡前擔心失眠的人，躲進被窩後又一心想早些進入夢鄉，這兩個念頭只會使失眠更形惡化。

專家指出，在腦波檢查中，抱怨睡不著，睡不夠的人們，其實一大半時間和正常人一樣處於舒適睡眠狀態；可見我們不應該過度擔心睡眠時間的問題。我們必須記住，只要靜靜地躺在床上，即使不能入眠，一樣能消除疲勞到某種的程度。

提防便秘永保健康

人們吸收食物的營養以供應身份各部份的需要，食物經過消化系統的吸收，存下渣滓（糞便）是需要排泄出來，如果排泄不通暢和排泄間隔的時間延長，便形成「便秘」。

不要忽視「便秘」，「便秘」對人的生理健康有莫大的影響。在正常情況下，以每日排便一次為最理想，但若是每隔一天或兩天排便一次而無困難者，則仍不算是「便秘」。

通常一般人如有便秘現象，大部份是屬於習慣性便秘，這是因為生活的不規則，或是有便意而習慣不去排便所引起。便秘可說是一種反射性的習慣，如果有便意而不加理會，或是便意微弱而不願意用力使之排泄出來。久而久之，可養成習慣而引致排便的困難，此種現象以女性特別多見，其原因是於大腸的運動不活潑所導致。常見的便秘，包括有慢性便秘、急性便秘和飲食性便秘。在慢性便秘中，又可分有弛緩性便秘和痙攣性便秘。弛緩性便秘是因為腸蠕動失調所引起的；痙攣性便秘則是因為大腸的某一部份發生痙攣的現象所致。急性便秘是由其他症狀所引起的偶發生便秘，如腸閉塞、十二指腸潰瘍、育腸炎等常會伴著腹痛而引起便秘；飲食性便秘則是因飲食生活的不當所致。綜合而言，引起便秘的原因，有排便習慣不規則、運動不足、肥胖的影響、排便的姿勢、精神過度壓抑、過度疲勞、妊娠影響，因老化而使腸功能衰退、腸的先天性異常、肛門疾病的影響、腸受壓迫的影響、腸壁內的病變、腸的流通受阻、與排便有關的神經傳導有缺損、神經症、藥物使用不當、甲狀腺機能低下、血鉛過高、鉛中毒與及伴著發燒、腹痛疾病的影響等。

在治療方面，可使用輕瀉劑或灌腸劑來改善便秘的情形。而服用這些藥物也須在醫生指示下使用，以免導致不良的後果。但是，藥物的使用並不是解決便秘的方法，最根本的預防方法是使生活全面規律化，飲食要定時定量，進食纖維性食物如蔬菜、生果等，多增加飲食中的水份，多作適宜的運動，和養成早餐後排便的好習慣等。

肉素兼食有益建康

生活在都市的人，由於生活水準提高，日常食用豐富，肉類吃得太多，頗感肥膩。因此多吃蔬果素食的人越來越多。植物性食品的營養價值，並不比肉類遜色。

在營養三大要素方面，豆類含有豐富的蛋白質、碳水化合物和較少量的脂肪質，具有豐富的營養價值，其中以大豆的營養價值更高，所含的氨基酸組成接近人體的需要，是一種優質的食品；穀物類食品玉米、甘薯等又提供豐富的碳水化合物，可以作為身體能源之用；而植物中的脂肪多數由不飽和脂肪酸所組成，可降低血內膽固醇濃度，令人體患動脈粥狀更化的危險性減低。

在維化命方面，植物性食物亦是各種維他命的重要來源，尤其是維他命C的供應，更主要是來自蔬果類食物。在動物性食物中，只有肝和腎是含有維他命C，其餘都缺乏，甚至不含維他命C。日常生活中所需的維他命C主要來自葉菜（如菠菜白菜等），其次來自根莖類（如蘿蔔等），至於瓜類含維他命C的數量相對較少。水果中，鮮棗類、山楂、橙、柑、檸檬、柚和草莓都含有豐富的維他命C，因此多吃蔬果可預防患上壞血病。不過植物性食物一般含維他命B十二的量不足，有必要由動物性食物或服食含維他命B12的藥片補充。

植物性食物也含有一些人體消化酶無法水解的物質，如纖維素、半纖維素及果膠等。雖然這些物質不能被人體消化酶所分解，但可以被腸道內細菌所分解，令人體直接得益。況且這些物資可促進腸道蠕動，並能增大糞便的體積，有利於糞便的泄排，可以預防便秘、大腸癌等毛病的發生。多吃纖維素和果膠可增強肝臟中的膽固醇代謝酶的作用，故此可以降低血液中的膽固醇含量，有利於預防動脈粥狀樣硬化症。

其實，要身體健康，必須要維持均衡的營食。最好是動植物性的食物都同時兼顧，因為通常動物性食物在體內代謝後產生酸性代謝物，而植物性食物在代謝後產生鹼性代謝物，因此適量地進食動植物性食物，有助於維持身體的酸鹼度平衡，增進健康。

妥善處理家庭經濟

在近代工商業發達的地區，因為經濟活躍，很多夫婦都外出工作，公一份、婆一份，使家庭中有雙重經濟來源，收入較為充裕，脫離單軌經濟和貧窮的威脅，的確是可喜的現象。但是，夫婦之間卻為了因金錢問題而引起磨擦，日見增多。

美國一位專家列舉了引致雙軌經濟夫婦間出現爭執的幾個重要原因，並提供化解的方法，可供參考：

（一）誰是一家之主的爭執。要避免此種情況，夫婦應該協商並按照個人的專長，作出責任性的分工。譬如：女方負責日常購物等的金錢處理，而男方則負責較巨大的財政運用。

（二）最常見的現象是男女雙方，都自詡更懂得如何運用金錢，對對方所作出的處理經濟的決定表示不滿而加以抗拒，因而造成衝突。要解決這個問題的最簡單方法，是雙方多學習有關經濟方面的知識，汲取有關經濟及消費物價變動的資料，作為處理經濟的依歸。

（三）很多夫婦都不願意把在花錢方法上出現的歧異提出來討論，結果互相不滿對方的處理金錢的方式，終於發生重大磨擦。解決的辦法是互相公開花費的數目，而且讓對方知道到底金錢是花費在甚麼地方去。

（四）對金錢儲蓄或花費的目標雙方有異議。通常遇到這種情況，雙方最好開誠佈公，把心目中的「財政目標」拿出來討論。像有關為子女儲備教育費，為退休後打算的計劃，渡假的費用預算，準備購買昂貴物品等，雙方對問題尋求一致的意見，並作出讓步妥協。

（五）由於收入差距而引致爭執，尤其是當妻子一方的收入，較丈夫為多的時候，衝突更容易出現。其實夫婦應該明白，即使某一方的收入較少，但貢獻出對伴侶的愛與支持，可補金錢的不足。

（六）有關金錢所屬權的爭執。一般的情形是：妻子大多認為她的收入是屬於自己的，而丈夫的收入卻是「大家」的。這種想法並不正確。雙方應該同等的把部份收入匯集起來，以維持家庭生活開支。

兩性相處說話小心

夫妻恩愛，婚姻幸福，是人生的快樂之本。大男人的是時代已經過去，因為婦女在社會地位提高，大女人的趨勢已來臨，很多時候婚姻出現暗潮甚至破裂，不少是由於女性驕縱，不經思考，隨意說出足以傷害夫妻情感的說話所引致。美國一位心理學家米雪莉妮畢烈治博士寫了一本《夫妻愛情寶鑑》，列出了妻子應該避免對丈夫說的話，免傷感情：

「我早就告訴你應讓這樣的啦！」女性經常用這句口頭禪表示她比丈夫更聰明能幹，說這句話去呵責他。這是非常不明智，因為會打擊丈夫的自尊心，沒有一個男性會喜歡他的智慧被人低估。

「噢！我又把事情弄糟了！」女性經常用此種說話為自己的錯誤尋求丈夫的同情。但男士們會認為聽這種話是一種沉重的精神負擔，對這種博取同情的招供，引起反感。

「你以前比現在漂亮得多。」妻子們最喜歡挑剔丈夫的衣著和外貌，這樣評比會引起丈夫們的厭惡。

「你簡直沒有感覺和感情！」女性在不愜意時，最喜歡這樣數說丈夫。其實男性先天的性格和後天的環境，造成他們比較冷漠含蓄，但並非木獨無情。說這樣的話，可能令他們的情感受到傷害。

「你其實並不愛我！」沒有一個男士會喜歡經常被妻子責備他們的愛意不足。對於經常要對愛情作出保證，他們會感到疲累。

「我想你的朋友某某對我有意呢！」千萬別用此種說話去威或刺激丈夫，因為他妒忌起來，你無法想像有怎樣的反應。

「我告訴你一個秘密，可千萬別對人說！」如果你把朋友的秘密向丈夫透露，他會懷疑你對自己或彼此間的秘密，也一樣口沒遮欄，會對你失去信心。

「你真是一個無用的傢伙！」妻子們在發怒時，往往會毫不考慮，衝口而出地用這句話去罵丈夫。這種蔑視式的說話，會令對方自尊心受到重大打擊，創痕極難平復，可能引起了不良的後果。

取悅佳人有妙法

孔夫子說過：「唯女子與小人為難養也！」如何難養也呢？他解釋是：「近之則不遜，遠之則怨！」自古已然，於今為烈，怪不得男士們經常抱怨女士們最難服侍的了。

不過，美國一位心理分析學家翟克列地博士和一位社會學教授約翰赫遜博士指出，要取悅女性，實在不是一件太困難的事。他們提供了可令女性快樂的簡單方法供男士參考。

（一）女性們最喜歡別人向她們傾吐心聲。男士們如果要獲得芳心，應該經常和她們傾談。最重要的是要讓她們了解你內心的思想，你的動向和你的計劃。

（二）女性們不但喜歡聆聽男性的傾吐，更喜歡男性聽取她們的心聲。因此，男性們對她們的「喋喋不休」要有耐性地聆聽，不是貌合神離式的傾聽，而是全心全意地聽取。因為女性對於敷衍的聆聽，最為痛心疾首。男士們正確的態度，應該在「恭聽」的過程中，適當地提出問題，以示對她們的說話非常留意，而且更應該對她們的觀點意見，表示出濃厚的興趣，如此這般，一定會令她們感到快樂滿足。

（三）幾乎所有的女性，都喜歡有幽默感的男性。因此要保她們歡心，最好經常以言語和行動引致她們開懷大笑。笑可以增加愉快氣氛，鞏固情感。其實，單只「惹笑」可以令她們快樂；經常和她們進行一些有趣的遊戲，亦是取悅她們的最佳方法。能夠讓她們感到與你相處絕不沉悶，你們之間的關係，一定非常美滿，而她們亦會心滿意足，不再作他求了。

（四）多作身體上的接觸，這裏所指的身體接觸，並非意味著與「性」有關。女性們大多喜歡與男性觸摸或擁抱。因為此種行動，會令她們感到自己為對方所接受，較頻密的軀體接觸，由輕微的雙手互握，以至較深度的擁抱，都會令她們陶然滿足，柔情陡生，增加彼此間的連繫。近代的婚姻治療專家和心理分析學家，都特別強調「非引發生性慾」的軀體接觸，是增進男女情感的最有效手段。原因是女性的本性，和小孩相似，喜歡別人呵護和體貼的。

十大愛情元素

中國古代《詩經》有「窈窕淑女，君子好逑」的記載，是描寫男女之間愛情的事。人類之後得以繁衍就是由此而來。

「愛情」是一種既抽象，又複雜而微妙的情緒。愛情無一定明顯的界定，亦難以確定標準。不過，美國耶魯大學一位心理學教授羅 史丹堡博士分析：真正的愛情是由十種元素組成。這是他對數百對愛侶或夫婦的感情及生活加以深入研究之後，歸納出來的結果。

愛情十大元素是：

（一）男女雙方衷心地作無私的奉獻，為對方的利益福祉作出最大的努力，願意為對方犧牲一切。

（二）雙方能夠體驗分享幸福與快樂，在長期相處的情況下，不會對任何一方的相伴感到厭倦乏味。而任何一方不在場時，即使最愉快的事情，亦會感到索然無味，若有所失。

（三）對於心上人，有極深切的關懷綣戀，經常思念縈懷。

（四）對於相愛的人，有高度的信賴感，知道即使在生活上遭遇任何困厄，對方都會加以援手協助，不會令自己失望。

（五）彼此之間，都有一個極堅強的信念，就是不論在生活或情感方面出現任何問題，彼此間的關係，都不會受到影響破壞。

（六）對所愛者的需求、感受及思想，都有明澈而深入的了解，尊重對方的喜嗜惡慾，願意作出犧牲，以求滿足對方的心願和要求。

（七）雙方對彼此的形貌，具有極度的戀慕情意。亦即是說彼此受到對方強烈的吸引。

（八）彼此可以毫無保留地互相溝通。特別在思想溝通方面，真誠相愛者，必會達到心有靈犀一點通的境界。

（九）真誠相愛者，會視對方為生命中最值得愛的人，對方在自己心目中，佔有無可代替的地位。生命中任何事物，都無法與之相比。

（十）願意和對方分享一切，包括理想、情緒及時間。

史丹堡博士指出：假如你擁有上述十項愛情元素的全部，那你的愛情是真實而美滿的。即使你所擁於的，只是十分之八九，那也可以說是真誠相愛了。

丈夫心態應體諒

結婚後的男性，大部份都有：「成個老襯，從此被困」的感覺，因而發生悔恨抱怨的心態。根據美國三位精神健康專家指出，事實上，女性對男性的基本性格和生活態度所知並不徹底，因而在處理彼此的生活及感情關係方面，措施失當，遂令男性感到困擾不安。

他們提出幾點最基本的男性心理和感受，給女性參考：

（一）有關財政處理方面。錢財對男性們來說，不單只提供安定生活的保障，而且是一種權力象徵。控制財政令他們獲得擁有權威的快感。因此在進行重要的經濟活動時，應該和他們商討，諮詢他們的意見。

（二）有關工作方面。工作和事業，是男性生命中最重要的一環，明白工作是他們建立個人形象和價值的唯一途徑，不要經常抱怨他們只重工作而冷落伴侶。

（三）男性多數希望女性不要過度限制他們與同性交往的活動。幾乎所有男性，婚後仍喜歡與婚前的朋友們交往，過一些純男性的生活。此種交際生活，可獲得情感上的宣洩及心理上的平衡，是兩性關係所無法提供的。

（四）男性希望女性和他們一樣，在「性」活動方面，有相同的興趣和感受。

（五）男性並不喜歡經常在家庭中做「嚴父」。大多數母親在處理子女行為遇到困難時，都把問題留交父親應付。事實上，男性並不願意經常負擔起做「醜人」的責任。

（六）女性們經常都會因伴侶注意其他女性而發出怨言。其實，男性欣賞美色是一種天性，純粹是一種本能反應，並不意味著見異思遷，這一點女性們必須明白。

（七）男性潛意識中存有「兒童心態」，會對某些玩意，如駕車、攝影或電腦遊戲等沉溺極深。但女性們認為是「不成熟」行為，大多深痛惡絕。其實，此類遊戲行為對男性極之重要，因為可以獲得心靈精神上的鬆馳，對他們應付工作壓力有助。女性們應該對此類行為，予以容忍，不應禁止。

愛情八法維持情誼

「關關雎鳩，在河之洲，窈窕淑女，君子好逑。」自古以來人類男女兩性的愛情，是繁衍後代，有生俱來的自然產物。但是經過複雜的社會攪拌，兩性方面便產生許許多多的悲歡離合，也有不少爾虞我詐，勾心鬥角的事情發生。

在歐美方面，男女兩性關係因泛濫而隨便，更易產生不良的結果。美國有一位專家佐治美頓，提供「愛情八法」，只要遵守這八項法則，自然可以與異性保持長久的情誼，過著愉快的生活。

（一）失戀後要一段時間收拾破碎情懷。許多男女與愛人分手後，便匆匆另結新歡，認為這有助他們忘掉舊愛。不過，他們會不期然將新伴侶視作舊戀人的「替身」，企圖在他們身上追尋舊愛的影子，結果只會再嘗失戀的痛苦。故此，他們應首先讓自己冷靜下來，直至不再思念舊日戀情後，才結識新伴侶。

（二）不可誇大。結識異性，應對本身的條件坦誠相向，不可為取悅對方而誇大。因為你付出的愈多，她要求的就愈高，到你無法負擔時，兩人關係便會中止。

（三）敢於暴露本身的弱點。許多男女在結識異性後的初期，都不願將本身的弱點或內心感受向對方暴露。但如果兩人無法了解對方的「真面目」，感情有虛偽的成份，就一定不能有進一步深入的發展。

（四）顯示你充滿信心的一面。敢於向對方要求希望得到的東西，顯示你的信心和堅持彼此互相尊重，這都是發生良好關係的必備條件和方法。

（五）客觀地觀察兩人的關係。間中檢討彼此的關係，撫心自問，自己或對方是否適當的配合，自然可以找出增進彼此關係的方法。

（六）與對方坦白討論任何潛在的問題。例如彼此宗教信仰不同時，決定彼此互不干涉。

（七）不可讓妒嫉破壞關係。發現「彼此」「醋海生波」時，應平心靜氣討論，消除誤會。

（八）不可試圖管制對方。即使伴侶有若干陋習令你厭煩，亦不應絮絮不休，應盡量加以抑制，而且檢討彼此的行為。

志趣相投未必和諧

一般人認為：夫婦間志趣相投、教育水平相若的婚姻，不論生活、思想、社交都能夠達到一致的境界，必然是琴瑟和諧，兩情融洽，婚姻生活一定極之理想。

但是，根據美國喬治亞州州立大學教授積奇保爾斯研究調查顯示：此種夫唱婦隨式的婚姻，在經過一段時期之後，大多數會出現裂痕，不少甚至以離婚收場。而導致婚姻失敗的主因，卻剛巧是由於夫婦之間，太過「相似」。在生活中，伴侶變成自己的影子，長久相處之下有厭倦乏味之感。

康乃爾大學一位家庭問題專家烈德堪富利教授，亦有同樣的看法。他認為：在文化水平較高的夫婦之中，思想及生活趣味太趨於一致的情況，是造成婚姻失敗的最大危機之一。當夫婦雙方感到生活缺乏新鮮和刺激之後，往往會出現煩躁的心情，嚴重的，更會發生火爆式的磨擦爭吵。

為了避免這種「雷同陷阱」，兩位專家提出幾點建議：

（一）夫婦們首先要反省，是否經常會遷就對方而作出違背自己心意的事。如果是的話，就應該改變一下。過度的捨異求同，不但對自己會有所傷害，婚姻關係，亦有害無益。

（二）彼此坦誠地表露對生活的乏味感受，設法改變志切求同的生活方式，容許對方有自己獨特的嗜好和個人的社交活動。

（三）彼此嘗試去發掘新的生活趣味，學習新的知識及發展新的嗜好，務求達到各有所好，而非全部一致。

（四）夫婦之間，偶然應該單獨地參加只屬於個人的社交活動。在日常生活中，不妨蓄意違背對方的心意，做一些對方並不喜愛的事，諸如看自己選擇的電影、電視節目及閱讀只是自己喜愛的書籍。

（五）選擇自己喜愛的服裝，不要純為取悅對方而裝飾自己。

（六）設法種種新的嘗試，諸如改變食物的口味，光顧一些平常不常去的飲食場所，及參加不同的社會活動。

馴夫如馴狗（上）

世間上的女人，心頭上都有一種慾望，如果能夠把丈年訓練成為像對自己忠心耿耿，唯命是從的狗一，那就最好不過的了。

這奇想使英國的巴巴拉愛園女士，成為訓練男人的專家。她寫了一本名為《沒有教不馴的男人》的書，由美國圖書公司出版，她把男人按狗型分類，對於要把男人玩弄控制於股掌之間的女性，提供了很多有用的參考價值。她把男人按狗型分為四類：

第一類是「德國牧羊犬型」。這類男人行徑似「色狼」，凡有靚女所在，即不顧一切後果，不擇手段去獵取，因此是最難馴服的一型。要知道丈夫是否屬於此類型，要判斷很簡單，那是喜歡看色情電影，喜歡看裸女雜誌，擅長接觸引誘在愛情上失意的女性，這判斷肯定不會錯。這類型的男人，可以把已故的美國總統約翰甘迺迪和電影明星華倫比提為代表，看看這兩人在脂粉陣中的德行，便是最大證明。

要馴服這類丈夫的方法，是每晚指定一系列時間要打電話回家報告行蹤，當他出門旅行時，要他穿著最不稱身最老土的服裝，在他的銀包裏放進愛情警告的字條，好令到他掏錢買酒逗靚女時，有一個警惕，假如他仍然不忠於你，那就要出三度板斧：一哭、二鬧、三找他最知己的朋友上床。

不過，這第三度板斧一要出，是有要冒風險的，可能他會惱羞成怒，弄到不可收拾，鬧出離婚的結果。但是，在女人而言，這類型的男人，做「情人」最好，做丈夫則認真馬馬虎虎，不要就罷了！

第二類是「獅子狗型」。這男人不是濫愛的大情人，不會給女伴太多的刺激享受，但很多女人都很喜歡這類安全型，不會輕易放手，因為他們本性殷勤，一切都小心翼翼，誠惶誠恐。由於他們本身已有極大的服從女性傾向，要他忠於石榴裙下，肯定不會困難。

這類到的男人，代表的人物是：米高積遜和拉布里斯，訓練的秘訣是不讓他接近任何比自己更勝一籌的女性，時常擺起老婆大人的威嚴和適當的柔情！

馴夫如馴狗（下）

第三類是「大種丹麥狗型」。這種男人態度害羞保守，但通常受過良好教育，作風老派，誠實可靠，偶然也是有點風趣幽默的表現，要瀟灑活潑就談不上了。但有一個特點，就是熱愛家庭生活，並且善於經營，甘心負擔家庭的一切開支，認為供養妻子使她獲得豐厚的物質享受是無上的樂趣。所以喜歡炫耀皮草、珠寶和一本正經生活的女人，找這種類型的男人最適合。代表這類型的男人以英國儲君查理斯王子、美國黑人明星薛尼波特兩人最典型。要訓練這類型的男人忠心於你，並不困難，祇要把自己養成休閒貞靜，比他更正經，成個賢妻良母風範，便把他們柔情縛得緊緊，打開了牢籠任他也不會飛走的。

第四類是「聖班納犬型」。這類男人的外貌可能平凡沒有什麼特點，但有著比任何其他類型男性更多的忠心、熱情、同情心和正義感。他們也喜愛兒童和寵物，為人隨和，有很多談得來的朋友，生活節儉，不愛奢侈，不貪不婪，是個很好的配偶。這類型的代表人物就是影星保羅紐曼和羅拔烈福，他們像聖　老人般得人歡喜。訓練的秘訣是：千萬別讓有野心的女人有機會接近他，好好地保護他和保護自己一樣，就可以天下太平，渡過銀婚、金婚、鑽石婚的甜蜜幸福的生活。

此外，巴巴拉還談及「都柏文」、「狼狗」、「拳師狗」、「沙皮狗」、「北京狗」等名種犬隻的類似型的男人的優劣，這些都是典型丈夫之外的男人，做情人、男友最適合；愛好享受性生活的女人，找個戰鬥格的「沙皮狗」或「拳師狗」型最耐用，如嫌外貌醜陋，「都柏文」和「狼狗」型的也不錯；「北京狗」型的是另一種風味，像玩具似的供奉，千依百順，柔和可喜。具備這些條件的男人，最受年紀比較大的寡婦、女王老五和離了婚的婦女所歡迎。當然，這些準備「吃軟飯」的人，也要有所選擇，但是多數都著眼於經濟方面，他們不願意付出費用養「老婆」，最好能財色兼收就更妙，否則為財獻身也所不計。巴巴拉提醒不要墜陷阱中。

女性擔驚受怕

由於社會日益進步，對人類的壓力自然隨之而增加，因此每個人的潛意識中，都存有一種不自覺而又無法加以驅除的恐懼。此種恐懼所涵蓋的範圍非常廣泛。

美國哈佛大學醫學院心理治療教授威廉亞普頓博士，從十多年來臨床心理治療的病歷資料中，分析整理出一般人大多存有的共通心理恐懼，按男女不同的性別，歸納為五大項在他她們的生命中，都各有五項最感恐懼的事物。這裏先介紹女性的五項恐懼心理：

（一）色衰愛弛。根據資料統計，假如一個女性必須倚賴男性而生活的話，她最大的恐懼是一朝春盡紅顏老，而她的伴侶會因她年老色衰移情別戀。年紀越大則此種心理越強。

（二）貧窮。女性對貧窮的憂懼比男性更加敏感，不論她們具有獨立的經濟能力抑或必須仰仗男性的供養，她們經常都會擔憂經濟上出現問題，無法獲得生活上的必須供應。此種憂懼心理，使她們感到極度缺乏安全。

（三）被遺棄。特別是那些身為主婦缺乏社會工作能力的女性。當她們經過多年來對家庭盡心盡力之後，已屆中年，對恐懼被遺棄的心理會突然增強。她們會因此恐懼心理的折磨，而導致神經衰弱，甚至精神分裂。

（四）健康轉壞。大部份女性在進入中年期時，會對自己的健康情況特別敏感。她們深恐健康情況轉壞，使她們無法負擔起照顧家庭或無法應付工作。這種恐懼會令她們更易衰老。

（五）「社會形象」。女性對自己的社會形象特別重視。因此她們經常會對自己是否在別人的心目中獲得應有的地位而感到擔憂。包括在親朋戚友中顯示她的優越感，支撐生活場面，扮演賢妻良母或女強人的角色及苛求子女有傑出的成就等。她們這種過度熱衷營求的行為，其實是一種深重恐懼感的外射。

亞普頓博士指出：女性要克服這些心理恐懼，應該從照顧自己的健康，開拓精神領域著手。最重要的是無需過慮別人的批評或意見，堅持自我，緊守自己的崗位，接受生命進展的現實，充實生活，就可以免除心理的恐懼！

男性的五大恐懼

男性和女性一樣，對生活和本身亦懷有五種重大的心理恐懼。不過引起恐懼心理的原因及性質，卻和女性略有不同。以下是哈佛大學心理治療教授威廉亞普頓專士和耶魯大學心理教授夏維羅賓專士共同列出的男性五大恐懼：

（一）失業。由於男性是家庭的經濟支柱的情況仍然非常普遍，因此男性最大的憂懼是失去工作或職業。失去職業對男性來說，不但標誌著生活無著，沒法養妻活兒，而且對他們的自尊心做成重大的打擊。在傳統觀念中，男性的價值，建築在事業成功或具有工作能力的條件上。一旦在這方面遭遇挫抑失敗的話，男性的尊嚴便蕩然無存，在社會上亦失去應有的地位。

（二）疾病。英雄最怕病來磨，不論任何一個男性的性格是如何堅強，假如健康有問題，便一切都無能為力，必需仰賴別人的照顧，無法工作，緊隨著的後果便是失去經濟來源。因此男性對失去健康的恐懼心情，特別強烈。

（三）體力衰退。男性對於體力衰退和性能力的減弱的恐懼，要比女性強烈得多。體力衰退令他們無法應付工作上的要求；性能力減弱令他們喪失男子漢的雄風。按照自然規律，任何人年紀漸大時都不能倖免，因此男士們對此種生理現象特別敏感，也特別害怕。

（四）被人捨棄。男性在中年之後，往往會懼怕被妻子或子女所輕視或離棄。此種心理，多數植根於童年時代。孩提時家庭中如果曾經出現重大變故，包括父母離異或雙親中任何一個死亡，都會令男士在成年後產生此種恐懼。

（五）子女不成材。望子成龍的心理，男性比女性更為熱切。因此，他們對於子女的學業及工作都非常關切。而過度的關切，往往令他們出現過度杞憂，恐懼他們不能達到期望。

要克服上述的心理恐懼，男士們要特別注意健康，保持生活正常，不要作無謂冒險，最重要的是「盡人力以待天命！」不作無謂的杞憂。同時謹記「兒孫自有兒孫福」的名言，在盡力栽培教育之後，不要作出太高的期望。

抬頭做人大有好處

老前輩教導後生小子，「做人要抬起頭來。」這句話不但鼓勵人們消除自卑心理，正視現實，提高自信心，使到精神和心理方面，較易克服生活和工作上所遭遇的各種困難；對於個人健康方面，「抬起頭來」也有一定的積極作用。

根據美國密蘇理大學醫學院一位教授保羅嘉保蘭博士指出：一個經常昂首闊步的人，他的健康情況，每每較那些「垂頭喪氣」的人，又好得多。而且，在外表上，抬頭挺胸的人，看起來比較更年青而有朝氣。

在醫學方面來看，經常頭部低垂的人，極容易在肩膊部位患上黏液囊炎，原因是低垂的頭部，令頸部的肌肉及關節，承受較大的壓力。不但如此，頭部低垂，更會影響肺部納氣的份量。肺部吸氣量的低降，可能導致多種疾病的出現。

如果頭部的位置，經常處於「硬直」而抬高的位，會令胸腔比廣門闊，因而肺部的吸氣量增加。根據生理學研究所得的資料顯示：頭部高昂時，肺納量可增加百分之十五至二十，身體內的細胞可獲得更多的氧氣，如果是身體內的新陳代謝作用加速，疲勞的程度減低，精力亦見充沛。

抬起頭來的另一個最重要的作用是，可以減輕背部所受的壓力，因此對於防止背痛，有極大的裨助，而且更會減低背骨佝僂的情況。近代的都市人，特別是從事辦公室工作的人，由於經常必須長時期俯伏在辦公桌上工作，患上背骨彎曲的及頭部肌肉緊張疾病的人極多。如果能夠經常在行走或坐立時，保持頭部高昂，頭部畢直的話，此類背骨變曲的疾病就會大大地減輕。

嘉保蘭博士指出：很多人都忽略了「抬頭」姿勢的重要性。事實上，採取昂頭的姿態，不論在心理方面，或生理健康方面，都有積極性的良好作用。即可令人看起來年青而精神飽滿；更可以消除不少生理上出現的健康問題，是一種最簡單有效的「保健方法」。

「抬起頭來做人」這金句是簡單有益實惠的方法，切勿輕視之。

善於理財愛情美滿

最近，美國紐約市一位心理分析專家安妮賴褒曼，撰寫一部有關《女性與金錢管理》的著作，曾對數百名女性作出調查研究。在這個研究中，賴褒曼女士發現了一個令人感到相當奇異的事實，那就是女性們之是否懂得「理財」，對她們的愛情，甚至性生活，都有極重要的影響和關連。資料中顯出那些能夠高明地處理財政，懂得量入為出的女性，在愛情生活方面，多數比那些把私人財務弄得一塌糊塗的，要美滿得多。她指出有不少女性，生來就不懂得理財。她們根本不懂得如何去處理一切與金錢有關的事務。此類女性，可稱為「財務處女」，意即她們對於財務，一無所知，既天真，又缺乏經驗，就如一個未經人道的處女。此類女性多數缺乏信心，對自我價值的評估偏低，對生活中所發生的一切，缺少控馭力，因而既缺乏安全感，她們對於愛情生活，亦不能盡情欣賞和接受。

不善理財的女性，大多數在經濟方面缺乏獨立自主的能力，經濟情況的欠佳，令她們在選擇伴侶時不能完全擺脫經濟條件羈絆，很多時候，她們必須為金錢而放棄了愛情。亦即是說，她們被逼選擇麵包而犧牲愛情。

那些善於處理個人財務的女性，情況剛巧相反，她們在經濟方面的獨立自足，令她們具有更大的自信心，可以控制生活，可以肆意為自己的快樂而選擇所需要的一切。對於愛情伴侶，她們有更大的選擇權。因此，她們的愛情生活，一般都比較愜意滿足。

賴褒曼女士認為，女性必須正視個人的財務處理。善於理財，不單祇在經濟方面，可以減輕困擾焦慮，而且能夠有更佳的機會，去獲得無條件而不受任何牽制的愛情。

過去，曾經有不少女性，多數以嫁得金龜婿，獲得經濟上的支持，作為美滿婚姻生活的保證。但是，現代的女性，必須經濟獨立自主，才能夠在愛情生活上獲得美滿的成就。不必倚賴丈夫的經濟支持。

丈夫分擔家務問題

雙邊生活的家庭近年已越來越多，對於那些必須負擔職業方面的工作，而又同時要承擔家務的時代女性來說，生活上所受的壓力，相當巨大。大多數身負雙重職務的主婦們，都希望做丈夫的，能夠分擔部份的家務，減輕她們的負擔。

不過，令人感到非常意外的是，美國衛斯理學院一位心理學教授姬莉斯巴魯克最近所作一項調查卻顯示：當丈夫們真正「幫忙」參與家庭事務工作時，大多數妻子們卻並不感到高興，甚至對生活覺得不滿。

巴魯克博士選取了近二百個來自各階層的已婚工作婦女作為調查的對象。巴魯克博士問及她們對於丈夫參與家務工作的看法，到底獲得「賢外助」的援手，是否令她們覺得愉快？

大多數受訪者對於丈夫們的體貼襄助，都表示相當欣賞。但當巴魯克博士進一步詢問她們於此種「婦唱夫隨」的生活，是否感到滿足？所得到的答案，雖然不是絕對的否定，卻有相當大的保留。亦即是說，大部份被訪者都認為：丈夫插手家務，表面上似乎減輕了她們的工作壓力，但實際上卻無法令她們的生活變得更滿意，在很多情況之下，甚至會令生活的「質素」降低，夫婦間的關係，會受到某種程度的影響，彼此相處得並不太融洽。

何以會有此種情況出現？巴魯克博士的推論是：大多數丈夫之參與家事工作，其實非出於自願，而是在無可奈何的心情下勉強為之，因此他們大多數會變得相當懊惱，對妻子諸多挑剔，不滿之情經常溢於言表。不少甚至會表示從事協助家務，影響了他們的事業。此種勉為其難的態度，令妻子們感到非常難堪。職業婦女本身亦往往會因要丈夫協助感到內疚，認為自己未能克盡妻子的責任。因此，有丈夫幫助的妻子，比起那些丈夫們只作袖手旁觀的，事實上要苦惱得多。

最令已婚職業婦女感到不能忍受的，是有苦自己知，表面上要附從別人對丈夫的讚美，而暗裏卻要忍受丈夫的閒氣，如此生活，當然談不上美滿的了。

夫妻不和妻子易病

男女婚後由於生活突變而產生不適應的問題，造成不愉快的婚姻，會令男女雙方在情緒和心理上都受到不良的影響，這是人所皆知的事實。但夫婦感情不和洽，事實上會對生理建康造成損害的情況，卻是最近才加以證實。

美國俄亥俄州州主大學一批研究人員，最近發表了一個研究報告，指出夫妻之間如果意見分歧，關係惡劣的話，雙方的免疫系統都會因為情緒的不安而受到壓抑，功能減退，因而抗病能力大減，而女性所受的傷害，更遠較男性嚴重。

該大學研究人員，選取了四十名已婚的女性作為研究的對象。研究人員抽取受驗者的血液加以檢驗，要測量一下她們對疾病抗拒能力的強度。測驗的結果顯示，那些婚姻生活不愉快的人，免疫系統的防病能力都顯著地減弱。研究人員指出，此類女性的免疫系統，都受到某種程度的壓制和損害，與其他婚姻生活美滿的人相比，她們的抗病能力要低得多。

由於免疫系統功能的降低，此類人患上傳染性疾病的機會大增。從抽得的血液中顯示，婚姻生活不和諧的女性，血液中所含的白血球數量水平，較其他人要低得多，而用以抗拒病入侵的抗體，亦同樣地偏低。領導進行此項研究的心理分析學家史丹利德文博士指出，這是醫學界首次發現婚姻生活不愉快，會對生理健康產生實質的不良影響。過去，不論心理學家或醫生，大多數都認為婚姻生活不愉快，只會對精神心理方面造成損害，對於生理上受到牽連的情況卻未作出過肯定的結論。

今次的研究結果，令科學家們掌握到真確的證據，女性如果所托非人，身心兩方面都會受到嚴重的損害。婚姻不愉快，導致精神心理受到打擊；而精神心理的受損，卻會直接影響到免疫系統，削弱抗病功能，這是一個連鎖性的心理生理複合反應。今後已婚女性，假如發現自己體弱多病，不要單從生理方面去尋求根源，更要檢討一下自己的愛情生活，很可能毛病出在與丈夫關係不協調，設法改善夫妻關係，可能是恢復正常健康的最佳方法。

小謊言添婚姻情趣

根據美國紐約市卡秉尼醫學中心的一位心理分析學家安東尼庇雅度邊奴博士指出，在婚姻生活中，偶然對伴侶講一些無傷大雅的謊話，事實上反而對促進婚姻關係有助。

一直以來，大多數人都不斷地強調，夫婦之間，應該絕對坦誠，其實這種觀念是錯誤的。和其他人際關係一樣，假如每個人都絕對率直的話，可能彼此的關係，會弄得不好，原因是能夠接受事實真相的人，其實極少，而願意聽取甜言蜜語，即使明知是假，也甘之如飴的人佔大多數。在婚姻生活中，其情況亦大致相同。因此夫婦之間，有時必須你哄我，我哄你，才能消極地減少突磨擦，而又積極地增加情趣，鞏固關係。庇雅度邊奴博士列舉了幾項夫婦們應該經常採用的「善意謊言」，供夫婦們作參考：

（一）假如丈夫餽贈一襲新衣作為你的生日禮物，而該襲衣服事實上並非你所喜愛的。遇到這種情況，千萬別對他說出內心的真實意見，那會令他受傷害。應該歡天喜地地接受，並說你極之喜歡，寧願日後把它束之高閣。

（二）假如妻子模仿你的母親的拿手好戲，為你烹調了一個菜式，而事實上技術極差，令你難以下嚥。你仍然應該表示激賞，表示她的烹飪技巧有凌駕「奶奶」的趨勢，哄她歡喜，而在日後有機會時，技巧地向她提供改善之道。

（三）對方有「發福」的現象而向你徵詢是否有太肥的趨勢。雖然事實的確如此，但為了令對方開心，最好撒一個小謊，表示對方的身材仍然標準。事實上，伴侶提出這樣的問題，目的衹是希望要確知她對你是否仍具吸引力。千萬別過度率直地令對方感到沮喪。

（四）對方因魯莽與上司發生衝突，因而丟了差事。切勿向他提出責備。即使明知錯在他本人，亦應表示支持，作出撫慰，以免過分傷害他的自尊心。

總而言之，無傷大雅的謊言，是婚姻生活的潤滑劑。懂得如何運用，則會令到婚姻生活過得更愉快。

處理金錢男女有別

美國一間保險公司，曾進行女人花錢及投資方式的調查，發覺男女之間對處理金錢的態度，有很大的分別；進行調查的以二三五名女性及一一一名性作對象，他們全部均是白領階級。調查結果顯示：女人在一方面比男人更憂慮錢財，但別一方面卻又更容易受奢侈品和消費品的引誘。女人承認自己對購物有強烈興趣，但她們比男人更懂得「價格」。祇有百分之廿七的女性安排了有計劃的儲蓄，男性的比數卻是百分之四十；女性比男性更有興趣申請消費貸，及擁有更多的信用咭掛賬。心理學家指出：男人習慣以賺錢能力來衡量同性的地位，但女人卻以對方的財物、服裝、珠寶首飾、樓房等來衡量對方的地位，所以男人的目標是賺錢，但女人的目標卻是賺錢之後如何花錢。

社會風氣所趨，成功的男士如果衣著樸素，被稱譽為個性的表現，但大家卻要求成功的女性打扮得身光頸靚，衣服飾物配搭成套，才認同她的成就。正如美國北卡羅連納州的一個女銀行家嘉蒂史柏雯說：「搵錢的樂趣並非在錢的本身，而是它可以買到許多東西。」

女人花錢，隨心之所喜，高興時花錢，情緒低落時花錢，也會以購物來發洩怨氣。心理學家指出：女人在愛情或婚姻方面出了問題後，最喜歡以購物來作發洩。時下多了一群事業有成、愛情無著的女強人，她們為了排遣寂寞，也往往在購物商場裏度過孤寂的假日。

已婚的女人，通常還有一個奇怪而又很普遍的思想，那就是：「我賺的是我的，你賺的也是我的。」即是說，丈夫的收入用來支出家庭的基本開支，妻子所賺的錢，作為衣服、旅遊、娛樂項目等次要的支出。心理學專家認為這種態度，很容易會引起男方的反感，及消磨女性在事業上的進取心。採用這方式安排收入的家庭，因為把收入楚河漢界地劃分，而變成沒有儲蓄，在經濟好景時當然沒有問題，但如果情況變化，影響了固定的收入，家庭經濟便會大受打擊，產生了動盪的困難，獲致不良的後果。

如何協助丈夫渡難關

語云：「夫婦一體」。既然願意「與子偕老」，自然對伴侶的一切都要衷心關懷。對於丈夫的情緒及行為上出現一些異常的情況，例如看電視時不斷轉台，或突然對妻子作出無理的批評挑剔之類，那很可能是因為他在工作上出現了問題，或做生意遭逢挫折。

根據美國一位心理學家喬韋健蘭諾博士指出：大多數男性遭受挫折困難時，都不願意向妻子坦白表露，而不自覺地會用上述的無意識行為，去顯示他們情緒上的不安。有些男性，甚至用患病或疲倦作為藉口，以掩飾他的惡劣心情。韋健蘭諾博士提供了幾種應付方法，可供妻子們作參考：

（一）不要把導致丈夫出現「問題行為」的原因，包攬身上。亦即是說，不要先責怪自己，認為你是令他不愉快的「始作俑者」。假如你把自己牽涉在內，你的情緒亦會受到影響而對事態無法加以控制或冷靜處理，亦無法協助丈夫度過情緒低潮的難關。

（二）設法轉移丈夫的注意力，鼓勵他從事一些體能方面的活動，包括跳舞，運動，游泳及各類娛樂性活動等。此類活動，可以消除精神及情緒上的緊張。更頻密的「性愛接觸」，亦是改善情緒狀況的好方法。因為在親熱接觸中，可以使雙方忘記煩惱，而且可以證明兩人之間並無任何芥蒂，你並不會因為他情緒欠佳而感到不快。

（三）假如因受到丈年的情緒影響而呈現同樣的不安時，要設法先驅除自己情緒上的陰影。方法是集中精神去處理自己的事，先求自己的情緒獲得平伏，然後再設法幫助他解決他的問題。如果雙方同時陷入情緒低潮，祇會令情緒變得更壞。

（四）假如你根本無法協助他解決導致情緒不安的問題，最低限度，應該扮演一個「聆聽者」的角式，設法讓他向你傾訴他的困難，表示你的深切同情。如果他能夠把內心的困擾加以洩露的話，他會獲得心理學上所謂「心理洗澡」的效能，情緒上的積鬱，會因而獲得宣洩。

安撫丈夫鞏固婚姻

社會進步，越來越多女性在工作上或事業上獲得成就。不過，作為一個成功的事業女性，而又希望在婚姻生活中有同樣的成就，兩者兼得，卻是一件頗費心思的事。

美國一位婚姻問題專家摩亞甘寶女士指出：儘管大多數開明的丈夫，都會為妻子在事業方面獲致成就而感到驕傲；同時亦會對於妻子對家庭經濟作出的貢獻而感到滿意，但或多或少，他們會因妻子把太多時間精力花費在工作和事業上，因而感到自己受到冷落。故做妻子的，如果發現丈夫有此種不滿心態的出現，就應設法加以安撫補救。

下列是甘寶女士提供有關如何安撫丈夫及鞏固婚姻關係的方法：

（一）要讓丈夫知道，不論你在事業上的成就如何輝煌，但他在你的心目中，仍然佔有最重要的地位，你仍然需要他、深愛他。

（二）把婚姻生活放在第一位，而不要祇努力地把自己塑做成一個「女強人」。假如可能的話，在從事工作與家務之餘，要多撥一些時間和丈夫親近，尤其是性生活方面，不要以忙碌疲倦作藉口，冷落你的丈夫。

（三）有任何重要的決定，不論有關工作，兒女或未來的家庭計劃，都應該徵詢丈夫的意見，共同磋商，切忌獨斷獨行，令丈夫有「牝雞司晨」的不愉快感受。

（四）經常與丈夫談論他的工作和事業，表露出十分關懷。千萬別不停地祇以自己的工作作為談話的題材，而且更應該不時細心聆聽丈夫工作方面的發展，或對工作方面的不滿與申訴，表示理解和同情。

（五）在可能範圍內，竭盡所能負起管理家務工作，但在他們的潛意識中，仍然存在著「超人父親」，總攬家事乃撫育子女的責任。即使壓力重量，亦應該撥出更多的時間，肩負起家務擔子。丈夫的協助，祇能視之為一種額外的補助，而不能事無大小都要他代勞。

性格不同婚配更好

美國華盛頓大學心理學教授米高史特普博士，最近完成一項有關男女愛情或婚姻關係成功的重要條件調查研究，發覺與從前一般人認為：一、情投意合，二、性格相投。其中性格相同這一點並不重要。

史特普博士在大學中，選取了五十對在戀愛中的男女學生，進行了調查研究。這批大學生相互約會了大概有一年。史特普博士發給他們一份問卷，要求他們描述一下彼此間的感情狀況；愛情發展的進度；彼此間溝通的程度；是否對彼此間的關係感到滿意以及是否有結合的意圖等。

經過將所得的資料整理分析之後，史特普博士發現一個事實，那就是：那些分別屬於激動型的A型性格及屬於柔和型B型性格的男女，他們更能互相吸引，愛情關係發展更佳，願意結合的意願更濃烈。亦即是說：性格類型相反的男女，愛情成功的機會更大。

史特普博士先對A型及B型性格，作出一個簡單的詮釋：A型性格的人，性情比較急躁、易怒、獨斷專橫而且更富進取性；B型性格的人，則比較溫順平和，富有耐性及忍讓。

史特普博士指出：兩種不同性格類型男女之所以有更佳的愛情婚姻關係，最主要的原因，是「剛柔互濟」。他們在愛情和婚姻生活之中，出現磨擦衝突的機會較少。當伴侶的一方，對事物的處理方式來得急躁激動時，另外的一個卻能夠保持冷靜穩重。同樣地，當柔順型的一方，過度優柔寡斷，事事拖泥帶水時，剛烈的一方，會予以督促推動。

在情緒方面，急激與柔順的相互調和尅制，亦往往能令緊張對抗的局面，得以消解。不論男女那一方是屬於A型或B型祇要他們並不屬於同一類型；結合之後，愛情及婚姻的關係，都會發展得更好。

史特普博士認為：男女在選擇愛情對象時，對於性格方面，應該捨同求異，對未來婚姻生活的成功，可能有更大的機會。因為他們結合及關係發展得美滿的比率，要較性格類型接近的要大得多。

互讓互諒婚姻美滿

美國一位心理學家及婚姻問題專家佛羅倫斯嘉斯諾博士指出：所有健康愉快的婚姻，成功的因素都有相同之處。

嘉斯諾博士從事婚姻問題研究超過二十五年，在他接觸數千對的夫婦中，歸納出許多導致美滿婚姻的共同因素。

在一段健全的婚姻中，夫婦雙方的性格多數都非常堅強而獨立。他們有時雖然會各行其是，但大多數情況之下，卻能互相尊重欣賞，異中求同，享受共同生活的樂趣。成功婚姻中的夫婦大多富有幽默感，會從生活中一些荒誕的事情中發掘樂趣。彼此不但懂得如何去取悅對方，更懂得如何攜手找尋樂趣，儘量享受生活。

婚姻生活愉快的夫婦，大多數對自己在婚姻生活中所佔的份量非常了解，知道自己在共同生活上對伴侶的重要性，因而積極主動謀求彼此間的幸福快樂，對於伴侶的關懷愛護，既表示欣賞，亦設法予以回報，絕不視為理所當然的「應份」。夫婦雙方彼此尊重，特別對個人的隱私，不作無理的干預，當任何一方發展個人的興趣嗜好時，並不會因為和自己喜嗜有所不同而認為對方對自己忽視或不夠體貼。

關係美好健全的夫婦，並不強求彼此在各方面都必須完全一致，讓大家在言行思想方面，都能保留個人的特點。遇到生活中出現逆境，則合力予以應付。

夫婦彼此之間有高度的信任。此種信任，往往可以讓他們避過了衝突磨擦。即使偶然任何一方會做出破壞「信任」的事情，但是，他們仍然能夠保持信心，知道此種錯誤不會無限制地重覆出現，互讓互諒。

彼此視性關係是相愛的表示，而非用來作為威脅對方向自己屈從就範的武器。懂得如何去適應對方，了解對方的需求，而且自發地去迎合對方。對於在生活上出現的磨擦問題，不會採取任何由事態發展的消極態度，而是努力尋求解決方法，並且不斷地改善彼此間溝通的方式，他們更不會認為對方應該自動地了解自己的心意，因此，有任何問題出現時，都會彼此坦誠討論。

男士心理壓力症

美國一位著名心理分析學家史丹利柏特曼博士發表研究報告說：在過去半個世紀以來，一種「新與」的心理疾病正在男性之間逐漸流行。這種心理病，一般心理學家都稱之為「現代男性心理壓力症候群」。柏特曼博士指出，在半個世紀之前，當女性在社會上的地位並不如現在那樣高，而男性仍然擁有較獨斷性的控制力時，他們精神和心理方面所受到的壓力，遠不如現在來得沉重。

到底近代男性面對些甚麼壓力？柏特曼博士作出了相當詳盡的分析：

（一）來自女性方面的競爭力。不少男性，由於必須在工作方面面對女性的競爭對手，因而精神心理上遭受相當大的壓力。至於妻子或女友的收入較自己為高時，更令他們感到不安和自卑。此種情況，以前是不存在的。

（二）來自家務的壓力。以往男性在家庭中高高在上，對一切家務袖手旁觀。近代男性必須分擔家務。在男性的潛意識中，仍然認為從事家務工作，有損男兒氣概，對於被逼去做「女人工作」而感到不安，成為心理壓力部份。

（三）擔心伴侶可能對自己不忠的心理壓力。近代女性對愛情的態度，已經與前大不相同，對性的看法亦遠為開放。而且由於與社會接觸的機會大增，移情別戀，愛海興波的情況，事屬等閒。男性對女性的「貞忠」缺乏信心，因而增加了心理精神方面的壓力。

（四）恐懼在性方面不能達到對方期望而產生的憂慮壓力。近代女性在性方面較主動，對男性的「表現」要求頗高。不少男性恐怕未能符合對方的「期望」而感到不安。

（五）現代女性都要求男性敏感、坦率、敢於表露情緒、反應與溝通都必須敏銳。但對男性來說，要達到這種要求並不容易，因而常感到困難和不安。

（六）近代男生，必須經常為保持身體健康，儀表瀟灑而大傷腦筋。因為女性們對他們的要求日苛，要維持美好形象，對男性們來說，也是一件非常吃力的事情，心理上的負擔，並不感覺得輕鬆。

婚後愛情下降有因

結婚和戀愛是完全不同的一回事。人們在戀愛中，熱情澎湃，浪漫旖旎，簡直不知人間何世；一旦結婚之後，面對現實生活，萬種柔情，便會在短暫期內，由絢爛歸於平淡，夫婦間能夠真正維持如膠似漆，纏綿熾熱的情懷歷久不衰的，簡直鳳毛麟角，無怪有些浪漫者引用「結婚是戀愛的墳墓！」來形容人生。

美國德薩斯州立大學一位心理學教授，達德侯斯頓博士，從事婚姻家庭關係研究有年，最近，他發表了一個有關夫婦愛情關係的調查研究指出：大多數的夫婦，彼此間愛戀的熱情，在婚後的第一年，已經冷卻了一半。此種高速的「愛情降溫」現象，看起來似乎令人難以置信，但事實上卻真正如此。

侯斯頓博士選取了一百六十八對新婚夫婦，作為週查研究的對象，發現在婚後的一年之內，彼此間的相愛熱度，出現了大幅度的下降。侯斯頓博士給予這批夫婦一個問卷，其中列出了九項不同的「熱愛行為」，包括：擁抱、親吻、相互間情感的交流、互相顯示愛意的語言和性愛活動等。他要求接受調查的夫婦們，忠實地描述此類行為的出現頻率。

所得的結果顯示：佔百分之九十以上的夫婦，在結婚後的第一年，此類顯示愛意的「舉動」出現的次數，與戀愛期間相比，劇減達百分之五十。到了婚後的第二年，則出現頻率，再作百分之五的減退。

侯斯頓博士指出：上述的情況，幾乎在所有的夫婦中出現，不論他們的經濟情況及教育水準如何，都沒有例外，當然，這並非表示雙方的愛情已經消逝；只是愛的程度與濃烈的程度，已不復當年了！

對於夫婦們婚後愛情熱度的消減，侯斯頓博士認為：那是由於男女雙方達成結合的目標之後，把他們的精神及專注力，轉移到其他的新目標上去，包括：建立家庭生活、教育子女與及追求事業的成功和發展等等，因為這麼多的「心有旁騖」的情況，夫婦們就會不自覺地逐漸疏遠，當然與戀愛時期大有分別的了！

夫婦理財婚姻和諧

近代家庭，大多是夫婦共同外出工作，有別於從前「男主外，女主內」的方式，因此對於處理家庭方面有顯著的差別。

美國紐約州主大學商業系市場研究教授戴維斯博士指出：已婚夫婦處理家庭財政的手法，對他們的婚姻生活的維繫，有重大的影響。

在過去十年內，戴維斯教授曾經對三百一十一對夫婦，進行過調查研究，發現婚姻完美的夫婦和以離婚收場的夫婦，在處理家庭財政的方法，有相當大的差別。

那些在結婚十年之後，仍然相處愉快，婚姻生活保持完整的夫婦，他們處理財政的方式都有兩個共同點：其中是做妻子的，對於金錢的運用，較丈夫有更大的決定權；另外一點則是，他們在金錢事務上，採取分工的方式。大抵妻子多數掌管付賬，平衡收支及日常食用開支方面；而丈夫則專掌數目較大的開支，包括家用電器、汽車購買、房屋修葺及交際娛樂等方面的開支。至於那些結婚幾年之後便出現「關係危機」或以離婚收場的夫婦，他們處理家庭財政的手法，則和前一類有相當顯著的差別。一般婚姻失敗的夫婦，在財政處理方面，大多數由丈夫獨攬大權，妻子無力置啄。這種丈夫對金錢運用專斷獨裁的情況，是夫婦婚姻破裂的最主要原因之一。除了財政處理手法足以影響婚姻是否美滿持久之外，家庭對金錢花費對象的不同，亦是主要關鍵之一。

婚姻生活美滿的夫婦們，大多把金錢花費在與家庭生活有關連的事上。亦即是說，他們把金錢用於可以供整個家庭共同享受用的事物方面；用於只屬個人特別享用的比率較低。但婚姻失敗者則不同，丈夫和妻子都比較自私，花在私人享受的金錢比花在家庭方面多得多。

在研究中更發現：假如丈夫在花錢時，處處以妻子為重，讓她們有更大的優先權的話，這一段婚姻，大多可保美滿快樂；情形相反的，則失敗的機會極高。

「親密」「疏離」平衡婚姻

男女能夠結為夫婦，當然是要互相信賴「永結同心」。所以一般人的心目中，認為最完美最理想的婚姻，是夫婦兩人能夠做到事無大小，都步伐一致，形影相隨。

不過，根據美國普渡大學一位家庭婚姻問題專家杜格拉斯史賓高教授指出：這種想法其實是錯誤的。夫婦在婚姻生活中，假如過份地互相遷就對方，謀求任何行動處事均強行一致，不但對增強關係無補，甚至會破壞關係。原因是彼此都會有一種受到縛束而致無法負荷的感受。夫婦太接近，太親密時，會形成一種心理學家稱為「幽閉恐懼」的情意結。

例如：夫婦一齊做家務，收看同一電視節目，作同一的消遣，每逢任何交際場合，均形影相隨，表面上看來，似乎琴瑟和諧，羨煞他人；但內裏卻存在一種難以言宣的窒梏感受，雙方都去了自我。長此以往，夫妻間的關係，會演變成類似兄妹間的關係，失去了兩性間的浪漫吸引，嚴重的甚至會彼此失去了性的吸引，對婚姻關係產生了破壞性的侵蝕。

史賓高教授對於這個問題認為：最佳的婚姻關係，應該在過度「親密」與過度「疏離」之間，謀取一種平衡。若即若離的態度，對夫妻關係的維繫，反而有所幫助。因此夫婦兩人應該發展一些屬於個人的興趣及活動和友誼。

很多夫婦，都會扮演「跟得先生」或「跟得夫人」的角色。他們這樣做，並不一定是對伴侶缺乏信心，要事事加以監管。相信他們的原意是共同進退，要表示互相關懷。其實，如果長期如此，則彼此之間會感到非常疲累的。史賓高教授因此建議：除了容許雙方在一定程度上有個人的「天地」之外，更應打破慣的所謂「心意相通」，不要把把任何活動都視為理所當然，必須夫唱婦隨。在生活中，不妨經常製造一些令伴侶感到意料之外，而又未必一定預先有默契，亦無傷大雅。因為只有這樣，才不致會令雙方的關係陷於沉悶刻板，能夠藉一些生活情趣，再度激起羅漫諦克的火花。

夫婦也「講錢傷感情」

社會上交朋友，如果沒有利害關係，則會天長地久，否則涉及利益問題，就會一如俗語所說：「講錢傷感情！」其實，並非祇適用於一般朋友之間，夫婦因金錢問題而發生爭執的情況，也屢見不鮮。

夫婦間，牽涉到金錢問題時，冷靜地商討的情形較少，大吵大鬧的情況較多。尤其是男性方面，一旦面對經濟難題時，多數顯得較衝動，還不及女性來得平心靜氣。

何以會有這種情況出現呢？根據加拿大曼尼杜巴大學家庭問題專家露絲芭莉博士的調查研究指出：夫婦間因金錢問題而引起衝突的原因，歸納起來，有兩點：其一、男性和女性對於金錢所持的觀念有很大的差別；其二、男性對於爭論問題，不及女性來得熱衷，因而當任何問題出現時，他們寧願採取吵鬧的方式去解決，而不會作出滔滔不絕的爭辯。

芭莉博士曾經選取二百六十五對夫婦，進行週查研究，目的是要找出，夫婦之間因處理金錢問題而出現意見相左時，到底對他們的婚姻關係會造成何種程度的影響。

根據在該項研究中所得的資料顯示：男性絕大多數認為，金錢是他們成功的表徵，他們的收入，是顯示出他們具有養妻活兒能力的證明，因此，任何牽涉到金錢的問題，都被視為對他們的「男性自我」作出挑戰。在某種程度而言，多少會損害他們的自尊。

但是女性對金錢的看法，不論她們是全職或半職的賺取金錢，對她們來說，金錢祇是一種可供她們花費及換取所需事物的工具，與個人的成就，並無太大的關連。因此，當金錢問題出現時，她們的處理態度，遠不及男性來得「切身」而緊張。與此同時，男性對於討論問題，遠不及女性來得熱衷。那就是說，女性感到與男性爭論問題，是一種增強彼此溝通的一種方法，而男性則否，他們盡量避免爭論。而亦因此，每當夫婦之間出現有關公錢問題的爭執時，雙方不同的心態，便會出現激烈的衝突，能夠通過冷靜討論方式解決的情形極少，爭吵衝突收場的情況較多。

男性婚後惜語如金

女子孩子在蜜運期間，對於男朋友的體貼關懷，特別是那些甜言蜜語，最感陶醉。那時的男士，似乎有講不完的說話。可是一旦結婚之後，男性就變得惜話如金，把婚前用以贏取芳心的溝通方式予以拋棄，不但纏綿的情話不再，甚至普通的談話，也感到最少。不少新婚的女性，對於這種情況，都感到無法忍受，下意識中有被欺騙的感覺，因為眼前人和戀愛期間簡直是換了一個人。

根據美國德州大學一位心理學及家庭關係教授德赫斯頓博士指出：此種情況，在婚姻生活中，其實非常平常。根據研究顯示，大多數新婚夫婦，她們的親密熱度，包括語言上的取悅及行動上的熱情接觸，在第一年中，都會下降達不分之五十。

在女性方面，此程蜜月期後的熱情驟降情況所造成的情感上打擊，要較男性為嚴重。赫斯頓博士指出：女性對於經由語言而顯露的親蜜情意的需求，比男性為熱切。她們大多渴望丈夫能夠和她們談論彼此間的關係，互相交換有關生活上的細節；或談論未來生活的遠景，即使談話的內容，只是一些空中樓閣，或只是一些不著邊際的花言巧語，他們一樣感到滿足，認為是丈夫對她們熱愛的表示。缺少了「甜言蜜語」，她們便感到若有所失，但是男性的心態卻完全不同。他們對「親密」的詮釋，和女性大有分別。大多數男性認為能夠和妻子一起從事種屬活動，已是彼此間最親密的表現。而口頭上的取悅溝通，卻不是表示熱情的最佳方法。婚後的沉默，並非表示他們的熱情已經冷卻。相反地，此種沉默，正是顯示他們的愛意已無需用言語來表達，一切盡在不言中。

赫斯頓博士認為：新婚後第一年的「沉默」，其實正好是一個機會，令男女雙方更冷靜地去了解對方。而彼此間的愛情可能因此而發展得更穩固。女性們不應因為男性的沉默而感到彼此間的情意已經「退燒」。只是男女之間對親密的詮釋及表達的方式有所不同而已。

「婚姻」認識知多少

根據統計：本港有一百二十萬年齡介乎二十至廿九歲適齡結婚的男女，但去年正式登記結為夫婦的，只有八萬八千人左右，不到這適齡結婚人口十分之一。而且在名登鴛鴦榜的男女，其年齡又未必是介乎這一年齡的，所以實際上適齡結婚男女的比例更大距離。從這一個距離，可知年青男女對婚姻多少都抱有觀望態度。

最近十年間，有差不多五十萬對有情人結成眷屬，但多少對依然是恩恩愛愛，和洽愉快的，那就天曉得了。

數字上顯示：近十年有六、七萬對怨偶，經過法庭批準離了婚；但同床異夢，或是自己反目成仇，只是分居而未辦勞燕分飛手續，或是單方離家出走的人數，恐怕會更多。

我們可以在深夜的廣播節目中，待聽到許多婦女哭訴無情無義的負心薄倖郎；也有不少勾引有婦之夫攪婚外情的女士。

從統計的數字紀錄看來，一九八三年是最多有情男女成親的一年，有十六萬八千名男女登記結婚組織二人世界。八四年已減少至九萬多人，去年更低至八萬八千人。

去年結婚人數大減，可能是有些迷信成份，他們認為八六年是「盲年」，所以結婚的人可能要等待來歲的雙春兼閏月才組織家庭。不過，這到底是少數，因為香港的年青男女思想已非常開放，並不會堅持這些迷信，反而因經濟和住屋問題，才是左右他們何時結婚的主要原因。

近年成家立室的新郎年齡中位數字是廿七至廿八歲，新娘則是廿五歲。這兩種年齡的男女都比較成熟，無論思想和經濟方面，都較為穩定，如果婚前能夠深入了解對方，肯定能夠可以共諧白首。

愛情是雙方面的，一方面變了心的話，這一段情便會逝去，勉強的共同生活下去，也不會過得快樂，所以婚前的了解極為重要，切不可一時衝動。若要求婚後有更大的安全感，則遲一兩年觀察多些才結婚，總比衝動結婚引致痛苦的後果好得多多。

和諧溝通乃夫婦之道

曾經有一句「結婚是戀愛的墳墓」用來描述結婚和戀愛根本不是一回事，婚姻生活的內容是多方面，不似戀愛那麼簡單。戀人婚後總會覺得伴侶未能達到預期中的熱切深濃，因而產生失望和怨懟。

美國一位婚姻家庭問題專家巴勒德博士指出，本來彼此相愛的夫妻而出現上述情況的最主要原因，是由於每個人在表達愛意時所採用的方式，並不相同，預期對方應該有相同的表示，一旦對方表現與自己的期望不吻合時，失望與不滿之情，便會油然而生。巴勒德博士提供下列幾個體察愛意的要點，便會使夫妻關係和諧熱切。

（一）不要期望對方善曉人意，透剔玲瓏，可以洞悉你的內心要求。亦即是說，不要讓他猜測你的心意。如果你希望伴侶對你表示關懷親熱，大可開門見山，直接說出。

（二）不要用「如果」來介定伴侶愛念強弱的程度。舉例來說，丈夫們不要說：「如果她愛我，就應該對我服待週到。」而妻子們亦不應說：「如果他愛我，就要不應該經常把我留在家中，單獨外出。」

（三）每日應該擠出一段時間，讓彼此交流生活上的經驗、遭遇及感受。目的關注彼此的生活情況。

（四）當伴侶有時態度沉默，千萬別視之為一種憤怒或對自己不滿的表示。每個人都會因種種外來或內在情緒變動的原因，偶然會不願意與人溝通，但未必表示他或她對某一個人不高興。遇到伴侶有這種情況出現，不要以為對方針對自己。最佳的應付方法，是關懷她詢問對方是否為某些事情而感到煩惱。

（五）要謹記你不能永遠取悅對方。假如伴侶因某種事故而對你不高興，那並不是世界末日，不要因之而過份內疚不安。

（六）要積極地改變自己經常被伴侶冷落的「過敏性」感覺。一個經常感到別人對自己愛得不夠的人，其實因為他對自己並不尊重，甚至有濃烈的自卑感。要設法去克服此種心理，增強自信，便不會有「不被愛」的感覺。

真愛有三大元素

甚麼是愛情？根據美國耶魯大學心理學教授羅　史登堡博士的闡釋，認為真正的愛情，必須具有親密、激情和許諾三個部份，三者缺一，都不能謂之真愛。

親密是指雙方能互相接近，分享憂樂，彼此溝通而更能相互扶持。激情是雙方表示濃烈情意，通常經由親吻、觸摸、擁抱以至做愛來加以表達。至於許諾，則是雙方互相關懷，承擔在生活上必須經歷的喜樂與憂愁，而許諾的體現，通常經由結婚而達致，彼此願意終生受契約性的規限。負起一切責任。

史登堡博士指出，一般人之所謂愛情，往往衹在這三種元素中佔其一種或兩種，因此，常見的愛情，由於不同的愛情元素組合，出現了各種不同的類型。下列是常見的愛情型類：

（一）兩情相悅型：此類愛情是由於男女雙方，對於彼此的性格及外型等，都產生了喜愛的情意，因此願意互相接近。此類愛情溫馨浪漫，但卻缺乏激情，雙方亦無互許天長地久，承擔一切的意願，很少能發展成為永久婚姻關係。

（二）激情狂熱型：由激情所引發，來得突然，消失得亦快。一般人所說的一見鍾情，便屬此類。其中更少纏綿親暱，亦缺少相互承擔許諾的意願，如流星之橫過天幕，乍現乍隱。

（三）空洞之愛：祇有責任而無激情甚至親密的存在。通常一對夫婦在結婚多年，一切情意，均已被歲月消磨淨盡。彼此之間，祇是為了承擔責任而共同連繫，一同生活。

（四）魯莽之愛：由衝勁而產生，為責任而結合，有激情、有許諾，但雙方卻可能永遠無法發展出一種互相分享一切的親密關係。

（五）浪漫型的愛情：有激情，雙方的關係亦極之親密，愛意極深。但是雙方卻缺乏互相承擔一切的熱誠，因此，雖然在愛情發生時，極為旖旎，卻不易發展成長久關係。

（六）與子偕老型：此類愛情，多出現於結婚多年，年事已長的夫婦。愛的激情經已由絢爛歸於平淡，餘下的是親密的情意及相互間的責任許諾。此類愛情，綿遠不墮！

夫妻之間化解嫉妒

男女之間發生「嫉妒」是人之常情。根據美國一位家庭問題專家雷科納博士指出：由於近代人的婚姻關係及家庭生活情況比過去複雜得多，因此，嫉妒這種情緒，不論在類型和內涵方面，都來得多樣化。

雷科納博士列出四種嫉妒情緒，同時提出了如何處理和化解的方法。

（一）來自工作事業方面的嫉妒：今日的男性，往往因妻子在事業上有較自己更佳的成就而產生妒念。要化解此種妒念，應該從好的方面著想，妻子的成功，經濟方面的收益，對家庭有極大的裨助，可令生活更為美好。

（二）再婚的夫婦往往會因伴侶對前夫或前妻顯示關懷而產生妒念：其實任何一方對以前伴侶表示關注，並不表示餘情未了，只是一種正常情感的表現。因此而產生妒念，未免心胸太狹。假如有此種情況出現，最佳的處理辦法，是讓對方了解你的妒念，同時表露更強烈的愛意，在一般情況下，你會獲得對方對你忠誠的保證。

（三）伴侶受到其他異性注意引起的嫉妒：現代女性，投身社會工作的機會甚多，無可避免地會遇到對他們發生興趣的男性；同樣，男士們亦可能遇到吸引他們的女性。夫婦之間，往往會為此種情況而產生恐懼與妒念，深怕伴侶會被人搶走。雷科納博士認為：已婚夫婦要免除此種心理威脅，最有效的方法，是使自己對伴侶的吸引維持不墮，由儀容以至生活方式，都設法保持刺激性和吸引性，能夠令彼此關係緊密維繫，自然毋須擔憂對方變心。

（四）女性對「超級父親」所產生的妒意：這是近年來才出現的一種新情況。近代父親，大多數在工作之外，更參與家庭事務，因此和子女之間，發展成為一種較親密的關係。而做母親的，往往會因此而發生妒念並不困難，妻子們可以一方面花更多時間從事照料孩子的工作；另一方，撥出更多的時間和丈夫單獨相處，增強彼此間的溝通和聯繫。

女人總疑嫁錯郎？

中國有句諺語說：「男人最怕入錯行，女人最怕嫁錯郎。」在現代文明的社會裏，男人入錯行並不十分可怕，只要及時改行就可以的了，並不似在落後的社會裏一入定終身，不容許隨便更改，只是浪費了一些時日而已。至於女人嫁錯郎也可以離婚再嫁，社會上並沒有揚棄她。可是，現代的為妻者，都有一段時期懷疑自己是否嫁錯郎？

以下最常見的構成懷疑態度的情況：

（一）完美主義。對人對己的要求均要十全十美，擅於挑剔，忽視對方的優點。婚姻中就算出現了極小的毛病，也大為緊張，視為重大問題，反而漠視了所有優點，因而懷疑自己是否選擇了正確的對象。專家認為：解決的方法是要明白問題是出在自己身上，與人或事無尤，看看自己對待其他事情的態度是否出現相同的情況便知一二。關鍵是：學習容忍。

（二）繁重家務。這也會引起問題的，尤其是當夫婦雙方中，一方愛好整潔，另一方卻凌亂不羈。解決的方法是使自己明白到愛由多種複情緒組成，你可以一方面愛他，同時卻又恨他。此外，不妨跟對方說明你不能獨立應付繁重的家務，解決問題。

（三）妻兼母職。當為人妻子的發覺到自己好像母親般在照顧丈夫時，不其然的便想到究竟丈夫是否理想的倚托終身的人，她懷疑自己究竟是他的母親，抑或是他的妻子？專家認為這情形實在普通不過，給予丈夫母愛般的愛情，也是婚姻的一部份。假如丈夫因為從小缺乏母愛，而在婚後在你身上尋找的話，你為何不滿足他呢？美滿的婚姻構成的因素之一，是滿足雙方心底裏的最深慾望。

（四）忠誠問題。絕對忠誠有時也會引起問題，有些人做了對不起配偶的事，也坦誠相告，自己認為如不這樣做，就破壞了婚姻。但專家認為，坦誠相告，有時也會損害對方的感受。把自己幹了壞事說出來，自覺減輕了犯罪感，其實卻不負責任。成熟而負責任的成年人，偶然犯了錯誤，應該懂得事情的後果，如果不說，可能較為好些。

五類丈夫可以改進

婦女們都希望嫁得好丈夫。美國一位家庭婚姻專家指出：有五種類型的男性，是最差勁的終身伴侶。不過，如果不幸而了此類丈夫，也有方法可以改造。不列是該專家列出五大類型及所提供的應付方法。

（一）懶散隨便型：此類男子對於生活小節從不注意，在家庭中不但從來不願意照料自己或協助妻子去收拾及整理一切，而且更經常把家中弄得一團糟，諸如隨意放置鞋物衣著，把煙灰缸或飲料瓶罐等到處亂放。此種懶散放肆行為，住往令妻子們感到極度困擾，要對付他們，嚕叨叮囑，絕不收效；不斷為他們執拾，亦會疲於奔命。最好的應付方法，是採取不理不睬的態度，忍痛地讓家中變成垃圾崗，讓他們自己也終於發覺環境惡劣，自動自覺的對自己的行為知所收斂。

（二）工作狂型：視工作如生命，經常冷落嬌妻和家庭。要徹底加以改造，根本絕不可能，但可嘗試去獲取他的注意，技巧地向他表示自己對他的關愛，同時道達自己渴望得到關心，可以逐漸使他了解在生命中，除了工作之外，還有其他事物應該加以照顧及予以關懷。

（三）無上權威型：自以為無所不知，無所不曉，對自己的決定，專橫武斷，往往令妻子的自尊心受到嚴重的損害。要改變此種人是相當困難。唯一的方法，是妻子去從事一些可以建立個人自尊的工作，令自己有成功感，而令他們不能小覷自己，從而稍挫他的狂妄氣燄。

（四）風流自賞型：經常與異性鬼混，視妻子如無物。對付的最佳辦法是力持冷靜，不因他的不軌行為而動真怒。與其激烈指責，不如冷靜地表達自己對他的佻撻行為的不滿，經常提醒他易地而處可能產生的痛苦感受，使他良心發現，自動戢止他的放肆行為。

（五）十問九不應型：此類人不易與人溝通，惜語如金，任何問題都無具體答案。妻子們應該懂得技巧地向他提出問題，同時讓他了解，沉默的推搪，並不能解決問題，必須面對一切，開誠佈公，彼此作坦白的交流，才能把問題完滿解決。

男人較易見異思遷

男女戀愛，人之常情。根據美國哈佛大學心理分析學教授威廉亞普頓博士指出：男性在戀愛方面，較女性為衝動，他們較易神魂顛倒墮入愛河。

一般而言，男性較易被異性表面的「條件」所吸引迷醉，這些條件，包括女性娟好的面貌、健美的身裁、甚至一頭豐盛柔軟的秀髮，即使他們對女性的內在性格及優點一無所知，但只要合眼緣，他們便會極快地產生情緒上的反應，無法自制地滋生愛念。但是，女性對於愛情的引發，卻來得比較理智，冷靜而緩慢。根據亞普頓博士的研究所得，大部份是女性，都不會輕易地為男性的外表而觸動情緒。亦即是說：一個外貌英俊的男士，並不一定能獲取她們的芳心。大多數女性都著重於對方性格上優點的追求，亦可以說：她們比較著重男性的內在美。最能令女性動情的男性，應該是有性格、聰明睿智。特別是他們的家庭背景、教養，以及經濟條件。當女生們發現男性們具有此類優點時，她們才會被吸引。

由於發掘男性的內在優點所需的時間較長，因此一見鐘情的情況，出現於女性身上的便比男性為少，而反覆觀察，細心探求所付出的時間與心力較多，亦是造成女性「戀愛步伐」比較緩慢的主要原因。

美國寶夕凡尼亞州立大學一位社會學教授威廉加伯克博士，在對一千名男女大學生進行調查研究指出，在戀愛方面，男性和女性的心態完全不同。女性比較認真而現實，對於伴侶的要求比較嚴格。而一旦選中了理想的對象，真正動情之後，她們會珍之重之，終生不渝。這就是為什麼女性們在一生之中，戀愛的次數較少。但是男性則由於較易為對象的外表所吸引，因而「戀愛」的機會會隨客觀條件（指不同女性的外貌及女性年齡的變化）的改變而不斷地「重覆」出現。男性見異思遷，主要是受到這種心態的影響，終其一生，墮入愛河的次數遠較女性為多。

男女之愛衡量有力

戀愛是男女間很玄妙的事情，專家們列出一些衡量的方法，可以知道是否被愛。

真心愛你的伴侶感情是持久的。他不會在上個星期愛你愛得要死，然後下個星期對你冷若冰霜。

愛侶特別關注你。他們交換最新從別處聽來的閒話，也為對方所說的笑話而捧腹大笑。同時會鼓勵對方節食，嘗試新事物和改變髮型。

戀愛中的人會在日常的一舉一動裏表達他的關愛。

愛侶之間會有愛的語言。彼此用親暱的名字呼喚對方。

真正愛你的伴侶不會用批評的口吻對你指責，或在言語上傷害你。

真心相愛的伴侶會常常稱讚對方。當你辛苦工作完成了一件艱巨的差事，你的伴侶會對你衷心讚許。

愛侶常有不足為外人道的眉目傳情，以及身體語言的溝通。例如你的伴侶會不自覺的摟著你，或是輕撫你的背部。

愛侶會彼此分享成功的快樂。他們為對方喝采，拍拍對方的背脊，或擁抱和親吻慶祝。

愛侶都是對方的好聽眾。當你談工作的甘苦時，不會你傾吐時改變話題。

愛侶能接受對方的一切優點和不完美的缺點。愛得徹頭徹尾。

相愛的人不會對對方隱瞞事情。例如：丈夫在工作上遭遇困難，他不會瞞著他的妻子。

愛侶應曉得那些是破壞情緒的事情。例如妻子知道有時討論孩子的過失會令丈夫生氣，她會等到丈夫心情好的時候才討論。

如果你的伴侶，有一半以上的這類表現，那麼，他是真心愛你的。假如你的伴侶沒有流露出上述一半以上的行為傾向，也不必灰心，你仍然有機會重燃愛火的。

美國心理學家艾佛瑙柯德萊說：「婚姻是可以重現生機的，但不努力就不會成功。」他宣稱：「第一步就是你兩平心靜氣的坐下來，談談你們的關係，究竟那裏不對頭，然後仔細分析是什麼原因會這樣子，尋找出問題的徵結就易於解決的了。」

外貌吸引男女有別

古諺有云：「知好色則慕少艾。」這是男士們較易被美色外表所吸引，因美麗的外貌，很易令人一見就產生愛慕和樂於親近的感覺。

對於吸引力方面，男女均有具備。美國有一批心理學家，曾對吸引力的本質，作出過研究所得的結果，以問答的方式，加以闡述。

問：一般所謂吸引力，是否主要來自一個人的面貌？而五官對人所產生的吸引力，是否有強弱及先後次序之分？

答案是肯定的。根據哈魯威大學所作的一項研究顯示，一個人的面貌，是引發別人注意力的最重要部份，一個人之是否有吸引力，最主要是決定於他的容貌（當然並不一定是美麗或英俊才有吸引力，有時貌寢者亦一樣能夠引起別人的注意或喜愛）。而在五官之中，最首先受人注意及具有最大吸引力時，是嘴巴，依次是眼睛、頭髮和鼻子。

問：一個人的吸引力，會否因為和不同的在一起，受到影響而有所增減？

答案亦是肯定的。根據德薩斯州立大學所作的研究顯示，一個女性和一個俊男同行時，她會顯得更美麗更吸引；相反的情況亦然。

問：一個人的性格上優點，是否比美好的容貌對別人更具吸引力？

答：不錯。性格上的優點所產生的吸引力，通常都大過外貌。但是男女兩性對這方面的反應，卻略有不同。女性受別人性格的吸引，遠超於男性。女性較注重他人的「內在條件」：而男性則較注重外在形象。

問：一個人是否具有吸引力，除了決定於外貌之外，是不是同時決定於他的處世待人態度？

答：是的。一個即使相貌平庸的人，假如他心地良善，樂於助人，都會被視為有吸引力。

問：一個人的吸引力，會否因為和別人接觸的次數增多而在別人的心目中逐漸降低？

答：不是的。吸引力並不會因「稔熟」而遞減。一個被認為具有吸引力的人，不論和人相處多久，他們的「魅力」依然不減。

美滿婚姻要保留自我

美滿的婚姻，一般人都認為要互諒互讓。但是，美國桑密瑪大學心理學系主任查理斯密勒爾博士另有見解，他認為：假如要婚姻生活美滿快樂，夫婦之間，應該要適度地自私。大多數人都以為在婚姻生活中，夫婦雙方都應該把維護婚姻放在第一位，不惜種種個人犧牲，其實這種想法是錯誤的。

密勒爾博士解釋，要令婚姻美滿，必須使生活充滿刺激，活力及熱情。要達致此種境界，男女雙方應該保留個別不同的生活興趣，要較多地照顧自己的興趣，而非無條件地遷就及討好對方。

當然，自私並不是指完全不理會對方，絕不順從對方的意願或作出妥協讓步，而是指在某程度上維持個人的獨立自主。至於如何保持適度，密勒爾博士有如下的指引：

（一）保留彼此不同的個人興趣，不要完全為迎合對方強求放棄自己的嗜好。其實，此種個人特有的興趣和嗜好，可能是吸引對方的「特點」。每個人都會被對方與自己不同的特點所吸引，一旦此種吸引力消失之後，反而會感到索然無味。

（二）偶然要縱容一下自己，滿足一下自己的慾望，單獨尋求只屬於個人的享受。表面看來，似乎很自私，事實上這種做法，可能減輕伴侶的精神負擔，因為他或她毋需永無止境的為了要取悅自己而勉強屈從。

（三）分別發展並非一定要牽涉及對方的友誼，亦即是說，夫婦之間，應該有屬於個人的交際圈子。朋友對個人及雙方的關係，都有良好的影響。一方面，他們能夠個人的價值獲得尊重；另一方面，亦可以憑藉和他們的交往中，發展出個人的興趣。

（四）不要在所有的爭論中，放棄自己的立場以迎合對方，如果認為是合理的話，要有勇氣堅持自己的意見。過度的順從對方，結果會令到雙方都感到不勝負荷。當然，如果自己的意見有不妥善，就不要逞強堅持，否則就會把事情弄僵，反為不美。

美滿婚姻有二十訣

不少新夫婦如膠似漆，但隨著時間的轉移，感情會逐漸淡薄，甚至出現裂痕。如何解決這一問題保持愛情永固呢？美國專家巴斯利佳雅曾就此問題向許多夫妻發出問卷，他們寄回的答案具有十分有益的參考價值，他將這些經驗歸納，提供夫妻參考。

△勿認為愛情會永久不變，要把握現在，才能增養永久的愛情。

△尊重配偶對其他人的關係。若他們對你所關心的人很重要的話，對你也應該重要。

△不要以為你喜歡的人應該老跟你一起。要讓他有自己的時間。

△不要失去熱情，熱情加上無微不至的關心，會保證彼此關係不會變得厭煩。

△關懷和教養孩子，使他們活潑、聰明。

△不要長時間發怒或苦惱。那會消耗你的精力，剝奪你的愛。

△何妨找個時間在一起聊天，便不會彼此感到生疏。

△要有自尊心。

△把為什麼你愛他的理由寫下來，若以後夫婦關係發生緊張時，再拿出來看，會令你很快解決問題。

△不要怕出現不同的意見或爭吵。爭吵時要暢所欲言，做到言無不盡，但爭吵之後，最要緊的是把它忘記。

△學會讓步，這比感情破裂更好。

△對自己勿太認真，但對別人要認真。

△勿單單打打，它只會妨碍親密的關係。

△傾聽對方的話，勿固執己見。

△應認識到單一的關係不會滿足所有要求。

△勿憂心忡忡，其實許多擔心的事，很快會忘記的。

△若一方願意把自己的百分之七十五獻給對方，那麼你會得到超過百分之五十的改善。

△勿讓他把你當偶像崇拜。你很容易因此驕傲而摔倒。

△保持幽默，這對你的心臟有益。

△夫妻關係並非體育賽事，無所請誰勝誰負的問題。

控制情緒男女有別

社會進步，無疑的婦女在社會上已能和男性分庭抗體，頂起了半邊天。但以做人處事以論，男性對於個人情緒的控制，遠比女性來得沉穩和含蓄。在大多數情形之下，女性的言行舉止，受制於她們的情緒，而男性卻對情緒具有更大的控馭能力。

夏威夷大學醫學院一位心理分析教授丹尼龐斯博士指出：近年來在心理學界中，盛行一種說法，認為男性對情緒的處理，過度理智縝密，不輕易加以表露發洩，以至他們的身心狀態，都不及肆意表露情緒的女性來得健全正常。不少心理學家要求男性向女性學習，盡量把情緒宣洩，如此，則可令他們生活更愉快，健康更良好。對於這種說法，龐斯博士並不以為然。不論在醫學上或心理學方面，都沒有足夠科學性的證據，證明情緒外露可增進健康。在生活中，情緒衝動的人，對於處理問題及解決困難，往往不及頭腦冷靜，不受情緒影響的人來得成功。事實上，男性們之善於控馭抑制情緒，使他們所造成的影響如下：

首先，男性在情緒出現波動時，可以在極短的時期內加以鎮壓平伏，而女性則需要較的時間，因為她們受情緒的擺佈影響較男性為大。男性在事後即可全心投入工作和生活，而女性則否。

其次，男性對情緒的處理由於比較含蓄，因此他們更易與人建立穩固而良好的關係。但女性卻由於太情緒化，人際關係比較脆弱。

男性極少因情緒受損害而輕易破壞友誼及業務上的關係，但女性則容易不惜豁出一切。

男性在事業上的成就，大多比女性為優越，最主要的原因，是他們能夠不受情緒影響，保持頭腦冷靜。事實上，一個成功的人，能夠在事業或工作上作出準確有建設性的判斷，必須能夠毫無偏見地分析事實，接受異己的見解，不受情緒的左右。男性們不過度重視情緒，剛好能夠做到這一點，而女性則不易擺脫情緒方面的影緒。

富家子弟心靈空虛

孔夫子說過一句話：「富可求也，雖執鞭之事，吾亦為！」古時視「執鞭」的禦者為賤役，並不像如今的騎者那麼給人羨慕。可知「富」的誘惑，宜古迄今，都有莫大的吸引力。那些所謂「含銀匙出世」的生長在大富之家，自小就享受富貴榮華，毋需為生活操心，為前途掙扎的富家子弟，是否生活得非常幸福愉快哩？

美國一位社會學約翰史德域博士在他的新著《富家子弟》一書寫出，大部份出生在富豪之家，承受巨額遺產的孩子及青年，他們的生活根本毫無幸福快樂可言。他們的一生，大都活在苦悶，憂鬱和混混噩噩的情況之中。當大多數人都以為他們生活在幸福之中時，他們都在不斷努力地尋求快樂，而且多數不能如願以償。除了物質生活方面較常人為優越之外，他們的精神生活，實際上遠較普通人為貧乏，甚至可以說是痛苦。

史德域本人，就是出身於波士頓一個巨富家族，體驗良深，他曾訪問過洛克菲勒、普立茲和皮爾斯伯里等美國術名豪富族五十七名子弟，獲得了豐富而翔實的資料。他發現幾乎所有的富家子弟，都有共通的生活方式及精神狀態。而這些特殊的生活環境和心態，都是導致他們生活不愉快的主要原因。

（一）幾乎所有富家子在家庭中的人際關係都比較惡劣，在兄弟姐妹之間沒有親切的感情。

（二）他們從小到大，極少與父母在一起，缺乏溫情聯繫，因而倫常之情非常淡薄。

（三）他們童年時代的生活環境極為狹窄，表面上生活美滿，實際如處於金囚籠中。

（四）多數有一種莫名的自疚感，因為那些得到全不費工夫的財富享受，令他們失去個人獨立的自尊與自豪。

（五）當他們面對困難時，大多不能得到別人的同情與協助。

（六）由於毋需為生活奮鬥掙扎，因此心態永不成熟，他們的才智能力，極少獲得發揮的機會。因此，他們心靈空虛，生活與社會脫節。

職業婦女有七大忌

現代社會，在職業方面，女性和男性的競爭能力，已經達到完全平等的地位。不論在學歷，工作能力以至薪酬方面，都已無分軒輊，因此，顧主們在選擇員工時，大多數已不再考慮性別的問題。

美國加州大學一位社會學家丹尼士比爾博士，最近作出一項調查研究，發現在職業工作上，女性較男性更加努力，所付出的精力亦較男性為多，她們對工作的專注及盡力而為的程度，比男性有過之而無不及。

美國哥倫比亞商業學院職業發展中心研究部主任德華娜，提出職業婦女在工作中有七大忌，避改此忌而又努力上進，就不難成功：

（一）不求上進：對工作逐漸失去興趣，人變得死氣沉沉；上班常看錶想下班，做事拖拖拉拉。要克服這種不良表現和盡量保持積極熱情的態度，應樹立一個較高的理想目標。

（二）死守一職：不論做打字員、秘書或電腦程序員，總是守住一個工作不，路子很窄。

要克服這一情況，應盡量嘗試其他工作或職務，這樣會使你獲得最喜歡的工作和做得更好。

（三）目光狹窄：不求應變，把注意力只放在自己現有工作上，失去了其他好機會。要克服這一點，應多取其他知識，多了解其他方面的情況，尋求不同途徑來達到成功的目的。

（四）愛說閒說：喜歡說人閒話者，常給人予不好的印象，得不到人家信任，使人不敢向你吐露實情。除了自己不說人閒話外，聽到他人說閒話，也勿亂傳話。

（五）愛發牢騷：有些不滿，偶而發洩並無不可，但若經常發牢騷，就會令人討厭。

（六）上班談情：在寫字樓談戀愛常會製造不良氣氛，妨礙工作進展。同事間建立友誼是好事，但談情說愛就會影響工作，最好另謀高就。

（七）過份狂熱：對工作熱情、認真和負責是值得讚許的，但若太過狂熱，達到廢寢忘餐的程度，則有傷身心。你若是狂熱分子，應該學會如何輕鬆身心的方法，不然的話，身體難以支持你的狂熱，就會累倒的。

女兒受父親影響較大

人們的生活，不論任何社會制度，都是以家庭為中心，因此子女的成長，受父母的影響很大。父母開朗愉快，子女的心情態度，亦較明朗健康。其中女兒的情緒狀態，按照一般人的想法，受到母親的影響更大，原因是女孩子與母親的關係，多數較父親為密切。

根據美國喬治亞大學家庭關係研究中心的主事人，歷斯科罕特博士最近所作出的一項調查顯示，情況與一般人所想像的剛巧相反，到達成長期的女孩子，她們的情緒起伏變動，受到母親影響的程度，遠遠不及父親。

科罕特博士的結論是根據他所作的一項研究調查而作出。他曾經選取了五十個家庭作為研究的對象。這些家庭，都是擁有一個至兩個年齡十歲至十四歲的女兒。

科罕特博士和他的研究人員，對此等家庭中的成員，包括父親、母親及女兒的「沮喪水平」作出一個量測。他們發現，假如做父親的情緒不佳，沮喪水平偏高的話，家中女兒的情緒狀況會同樣地低落，沮喪水平亦同樣地偏高。但是母親們有情緒低落情況出現，卻對女兒們並不產生何影響，亦即是說，女兒並不會受母親情緒不佳的感染。科罕特博士對此種情況，作出了解釋。他把出：出達青春期的女孩子，對父親的認同比母親更強烈。原因是到達這一個年齡階段，一種潛意識的同性相拒心態，令女孩子對母親有一種不自知的抗拒。更由於母親對女兒的管教，比較為切貼和嚴厲，因此母女之間的衝突比較多，形成女兒對母親較為疏遠，而一般做父親的，對女兒卻比較寬縱，使女兒感到較易親近。除了上述的原因之外，另一個因素是：在女兒心目中，父親是家庭中最有力量及最具影響力的人，因而她們會不自覺地偏向父親，不但在行為方面會有意無意地模仿父親；連情緒方面，也有追隨父親的趨向。父親的喜怒哀樂，會左右了她們情緒的起伏波動。

科罕特博士特別指出：家有成長中女兒的父親們，對於個人的情緒，應該稍作控制，以免女兒受到影響。

母乳哺嬰可防糖尿症

自古以來都是以母乳哺育嬰兒的，迄至本世紀初葉，就被奶瓶哺育所取代。到了近幾年來，醫學界方面又再度提倡母乳育嬰，理由是母乳能增加嬰兒的免疫能力，使他們可以減少患染多種傳染性疾病的機會。

最近，歐洲一批醫生，更進一步地發現，母乳可能阻止嬰兒患上「幼兒糖尿症」。丹麥根托夫紀念醫院的奈脫保兌莊遜醫生和謝魯納醫生，和挪威及瑞典的研究人員，攜手進行一項調查研究。他們集中研究自一九三八年至一九八二年間，斯堪的納維亞半島地區嬰兒哺育方式與幼兒糖尿症的關係而獲得上述的結論。

根據調查資料顯示，在四十年代期間，該地區的母親以母乳哺育嬰兒的，約佔百分之九十；到了六十年代，則祇有百分之二十採用母乳哺育法。而六十年代該區嬰兒患染幼兒糖尿症的數目，卻較四十年代增加一位有多。到了八十年代，當母乳哺育法再度盛行時，患幼兒糖尿症的數目，亦跟著顯著地下降。

一直以來，科學家們已經發現幼兒糖尿症的形成，是由於一種醫學界尚未清楚認識的病毒作祟。此種病毒破胰臟製造胰島素的細胞，因而導致嬰兒患上糖尿症。莊遜醫生說，醫學界很早便發現，母乳之中，含有一種「免疫球蛋白」。這種抗體，可以保護嬰兒受傳染性病菌的侵襲。而在嬰兒出生的頭三個月內，如果沒有母乳中免疫球蛋白的協助，嬰兒無法有足夠的能力去對抗外來病毒的侵襲。

糖尿症對嬰兒的健康有極重大的影響。一般在幼兒期間患上糖尿症的嬰兒，成長之後，壽命會受影響而減縮。另一方面，不少此類嬰兒，會因此而失明，並且患上各類的腎臟疾病。當然，目前所獲得的研究結果，當待更進一步的深入研究才能作出確切的定論。但是以母乳哺育嬰兒，對可能減少患染幼兒糖尿症有助保護嬰兒，減少他們對其他疾病的感染，當然亦可能對幼兒糖尿症的病毒，具有相同的抗病能力。母乳哺嬰，有百利而無一害。

家教影響兒童至大

「望子成龍」，相信世間上所有父母的企望，至怎樣培養子女，則各個父母也有不同的教育方法和觀念。有些家長在孩子剛學曉走路時，已經安排一連串能讓他們儘早接觸以及學習未來有待磨練的活動；也有不少父母則認為兒童年紀當幼，不宜過早督促，以免弄巧成拙，最好讓他們逐漸成長才再作打算，一切順其自然，不強作苛求。

總的來說，姑勿論父母是通過何種途徑來管教子女，他們的目的也是殊途同歸，即是希望他們將來聰明伶俐，在社會中獨立求存。

據專家鑒證：孩的智力發展好壞，的確與嬰孩無知時代的受誘導有莫大關係。父母對子女教育方針和態度，都能直接影響著孩童的日期學習能力，而間接也替他們的日後智力基礎立下鞏固的里程碑。這樣的話，當父母要選擇何種方式培養子女之前，應首先需要明白那些可能影響子智力發展的因素，從而因材施教，方可收事半功倍之效。

最主要及直接影響兒童智力的，莫過於其自身及遺傳因素。有些嬰孩若是早產而造成營養不良，或者出生時頭部被嚴重受壓，甚至由遺傳影響而導致體內有傷病時，都有可能形成日後智力不全；尤其是腦部神經系統出現問題時，對將來的智力成長便會打折扣。當然，這自身因素還須視日後的悉心料理及努力而定，有許多有缺陷的兒童，由於父母的耐性栽培，也一樣能如常人一般工作，也能在社會作出貢獻。相反的有部份正常兒童由於思維過於活躍，造成學習時思想不能集中；更有些小孩自幼便受到家庭環境影響，個性變得古怪，不肯看書學習，也會減慢日後智力的推進。這類兒童應儘早讓其糾正過來，否則壞習慣一旦形成，將來便難於改工。因為孩子自出娘胎，成人的一舉一動自然會成為子女的日後學習目標。一個充滿著互相關心，井井有條的溫暖家庭，能替子女樹立良榜樣。父母對子女賞罰公明，循循善誘，無形中使孩子自幼便得正確的啟示。長大後也會循正軌做事，智力的成長，因而得到循序邁進。

增長兒童智力的食譜

營養不良，會影響兒童智力的成長。美國柯甘營養學研究所長柯甘博士對二百名兒童做過研究，發現有些營養性飲食，可以使他們的智力提高三十五分。另一項由兒童行為所所長林姆蘭進行的研究顯示，兒童改進飲食習慣後，學習的成績大大提高。

他們合著的《食物使你孩子聰明》一書，列舉了有助提高兒童智力的五十種最好和最差的食物，同時提供了一周內能促進智力的菜單。這些菜單都是利用各種飲食，給兒童提供最好的營養素，它們所含的飽和脂肪和膽固醇很低，鹽和糖類少，纖維素中等量，含有基本的氨基酸和適度的熱量。

書中所列的最好的食物主要有：△烘製食物：用粗麵粉製成的麵飽和蛋卷、蛋糕等。△飲品：鮮果和蔬果汁、水等。△早餐：無糖穀類食品：雞蛋（煮得不太老者，但一周不超過三隻）；無加其他成分的芝士。△罐頭、冰凍和即食食品：冰凍和即食食品都不最好的食物，但以下的罐頭食品可以選吃：無糖的波蘿、菠蘿乾；鮭魚，沙丁魚和吞拿魚（無加鹽、浸泡在水中者）；無糖或鹽份蕃茄汁等。△熟食：新鮮的烤牛肉：新鮮的熟火雞胸肉和腿肉等。△甜食：新鮮水果和未處理的乾果、醬、用果蜂蜜加奶的凍品（無糖、鹽或添加物）。△脂肪：冷壓菜籽油（包括粟米油、花生油、紅花油、胡桃油等）。△魚類：新鮮而低脂脂魚類（包括鱈魚、鮭魚等），新鮮今中等量脂肪的魚（如吞拿魚、鱒魚等），有殼魚類（如蝦、蟹等）。△肉類和家禽：瘦肉（包括牛肉、羊肉、免肉、猪肉等）；雞肉和嫩火雞等。△飯類食品：粗米飯、乾豆、粗麵食、果仁（松子除外）、新鮮果菜等。△零食：新鮮果菜無添加物的花生醬、炒玉米；葡萄乾和果仁等。△糖代品：蜂蜜、甜調味品（如用肉桂、香菜等製成者）等。△奶製品：天然芝士、脫脂奶或低脂酸奶（適合五歲以上兒童）、全脂奶或全脂酸奶（適合於五歲以下的兒童）。

批評別人要有技巧

我們在生活中，很多時候會對朋友們提出善意的批評，希望能對他有好幫助，但如果沒有技巧，可能會獲致相反的效果，損害了雙方的感情！

美國俄亥俄州亞格朗醫療中心的一位心理分析學家摩亞杜林博士指出：對別人提出批評，許多時候都會使對方感到不快，原因是批評者缺乏技巧。他提供了教人如何去批評別人，而不致觸怒對方或會令對方難堪的方法：

（一）欲抑先揚。例如你發現下屬或同事把賬目弄得一團糟而要提出質問時，不妨對他說：「你一向具有數學頭腦，為何這一次竟然出了亂子？」你的褒言，會減輕貶責的難受程度。

（二）微笑政策：儘管你要向對方提出嚴厲的批評，但語氣不能太重而且應該以笑語出之。疾言厲色或扳起面孔，都會令對方難以接受，可能因此老羞成怒，記恨在心。

（三）切忌在公眾場合對人作出批評，不單在工作場合中不應如此，就是在家中，亦應避免在其他成員面前去批評任何人。假如你是父親或母親，不要在其他子女面前批評其中一個。夫婦之間，亦應避免在子女或朋友之間，互相批評。儘量選擇無人的場合，單獨向對方表達你的意見，使對方不致難於下台。

（四）如果希望獲得一定的效果，在提出時要讓對方明白，你的批評是善意的，而且對他有利。最緊要不要用責備的方式去批評。

（五）以退為進。即使一定要提出批評責備時，千萬別把過失全部諉諸對方。最好是自己分擔一部份錯誤的責任。譬如，某人借了你的工具而遲遲未曾歸還，你應該這樣對他說：「是我當初忘記向你聲明，我馬上要用這些工具。」如此這般，令對方易於接受。

摩西杜林博士特別指出：如果你因事而必須向別人進行批評時，千萬不要採取：「你是錯，我是對。」的方式，因為這是一種最大的錯誤的方法，不但無法獲得批評所產生的效果，更會因此為自己樹立敵人，是智者所不為的。

俊男美女未必佔上風

人們不論男女，假如生就一副英俊的外貌和嬌美的容顏，在人際關係、工作和婚姻等方面，都較相貌平庸或醜陋的人，要有利很多。

不但普通人持有這種觀念，就是科學家們亦相信這種說法。心理學家們證實，具有美好容貌的人，大多數受人喜愛，婚姻較順利美滿；在尋找工作時，往往能獲得較佳的職位和報酬，而總體生活情況，亦較形貌普通的人為美滿。心理學家們曾經作出調查，發現在學校之中，外貌俊美的男女學生，多會受到教師們的偏愛，在功課上所得的評分通常會較高。至於美貌的女性，她們結婚的年齡大多較早，而且更易嫁得社會地位較高，經濟條件較好的丈夫。在商界方面，經理級的主管人員，如果外貌條件好的，升遷或被選用的機會也遠較貌庸者為大。總而言之，靚仔靚女們，似乎佔盡優勢，無往不利。

不過，最近美國北卡羅連納州州立大學有兩位心理學家指出，相貌平庸的人，並非事事不如人，特別是男性，其貌不揚的，往往在生存競爭和個人成就方面，獲得一些補償性的成就。

心理學家理察烏特利和布魯斯愛克蘭博士，最近曾就外貌與成功間的關聯，作出了深入的研究。他們從過去十五年之間各行各業從業員的職業及工作資料，作全國性的抽樣分析。結果發現美貌者並非佔盡優勢。在男性方面，反而相貌平庸的人，有更大實質上的成就。外貌俊美者，所獲得的利益，只局限於「性市場」上獲得較大的推銷便利。

調查中顯示，那些其貌不揚的男性，多數會獲得最佳的教育，不論在學校或社會上，他們的成熟都較俊男超得多。

至於女性，她們美貌對她們的教育水準、工作成就，以及經濟情況，根本無直接的影響，亦不起任何實質的作用。美麗女性們在生活上獲得較優越的成就，完全由於她們具有特殊的條件——美麗的容貌，使她們獲得較佳的結婚對象。由於丈夫的經濟情況和社會地位較高，令她們水漲船高，飛上枝頭變鳳凰，如此而已！

一日之計在於晨

俗諺有說：「一年之計在於春，一日之計在於晨。」我們一般小市民，日出而作，日入而息。但由於工作和生活緊張，有些人工作之餘，還要過瘋狂的夜生活，以至會有晨早起床時感到神智昏慵，精神不振，此種情況，往往會影響整日工作及情緒。

美國有一批睡眠專家，提出了幾項改善「晨早慵怠」情況的方法。假如能夠同時採用或採用其中一兩項，都能令你每日起床之後，神清氣爽，心情開朗愉快。

（一）要經常維持一個有規律的睡眠習慣。不要因假期而貪睡，亦不要因翌日毋需工作而夜眠，人們如果經常改變睡眠及起床的時間，會令體內的「生理時鐘」受到干擾，致令日間懨懨欲睡，精神不振。

（二）起床之後，花費十至十五分鐘，把自己沐在晨光之下，陽光照射，對提升精神情緒，有極大的刺激效能。

（三）在起床前，先作十五至三十分鐘的床上冥想。方法是把鬧鐘調你在正常起床時間前十餘分鐘響鬧，不要立刻推枕而起，留在床上，把當日應做的事，在腦海中逐一檢視，計劃一下如何處理當日的事務。這樣做法，會令你心理上有所準備去面對一切，從昏昏沉沉之中，舒徐地進入清醒狀態。

（四）起床之後立刻做一些輕軟的運動。運動能令血液循環加速，驅除昏沉的感覺，使你精神振奮。

（五）睡眠時盡量避免服食安眠藥劑。大多數的安眠藥都只能發揮幾個小時的的安眠作用，服後多數會在半夜醒轉，而後半夜的睡眠，一定不會酣暢，翌日醒來，祇有更感疲怠。睡前亦應避免飲酒，因酒精會干擾睡眠，使人無法酣睡，影響旬日的精神。

該批睡眠專家指出：上述五項方法，並非一定要同時採用。如果你選擇採用一兩項，對於晨早起床後的精神體力情況，都會有所幫助。當然，如果能夠全部採用，則效果會更加理想。

應付責難切必爭辯

人們為了生活，不得不投入社會工作，除了極少數能夠自己創立事業之外，大多數都要在工作中接受上司的指導，批評甚至責備。

一般而論，如何去接受這些問題而能作出得體的反應，則對個人的事業前途，會產生重大的影響。

美國一位「事業策略專家」亞德萊史基爾博士，在他一本名為《成功的技巧》的著作中，列舉了多項指引，教導受薪階級如何去應付來自上司的批評。下列是其中的方法：

△如非必要，不要經常向上司道歉。一個人經常對自己的工作或行為表示歉意的人，不但令人感到厭煩；而且會令人感到他缺乏自信，不能寄以重任。假如你真的犯了錯誤，坦率而誠懇地道歉，但卻無須過度自責自抑。有時，假如錯不在你，根本毋需道歉。最理想的態度是請求對方提出正確的指示，以求息事寧人。

△假如上司的批評不合理，令你反感憤怒，千萬別反唇相稽以頂撞，要儘量壓抑不滿情

緒。最佳的應付方式，是三緘其口。在氣急憤怒情況下所說的，即使理由十足，往往都會令自己的前途受到損害。

△設法消解上司的責難批評。最理想的方法是求取上司的意見，要他教導你如何可以把工作做得更好。此種以退為進的手法，一方面可以更清楚對你作出批評的原因；另一方面可以表示你的虛心。

△自動提出改善工作表現的建議，並聽取上司對該等建議的意見。既能消除對方的不滿，亦可引發對方找解決問題的「靈感」，有益而又有建設性。

△為上司設身處地考慮一下，從對方的觀點立場去看問題，不但可以更了解對方作出批評的原因；而且更可以幫助自己作出必須的改進。有時，你會發覺對方的批評並不公允，那你不妨平心靜氣地和對方討論，理性地而又和平地磋商，往往會令對方知道錯不在你。面紅耳熱式的爭辯，會令事情弄糟，於事情無所補助的。

婦女不真與男性鬥酒

本港商業機構中，不少女強人，為了業務上的交往，少不免喝酒應酬。根據專家們研究所得，由於生理結構不同，酒精對女性的影響比男性要尖銳得多，亦即是說，女性比男性更容易被酒所醉倒。

美國水牛城酗酒研究中心一位專家摩根鍾斯博士，最近發表的一項研究報告指出：酒精在女性身上所產生的作用，比在男性身上要強烈得多。同等份量的酒精，在男性身上可能並無任何影響，但在女性身上，卻可使她們玉山頹倒，沉沉大醉。導致女性對精產生較激烈反應的原因，根據鍾斯博士的分析，共有兩個：其一是，酒精進入女身體之內其流走速度，遠較男性為快；女性對酒精所起的新陳代謝作用，亦較男性為快速。一個女性飲用和男性同等份量酒精之後，血液中含酒精的水平，會高出男性。這種情況，和女性的身體構造有關。女性的「體液」較男性為少，但脂肪則較男性為多。酒精在含脂肪的纖維中，擴散較慢；而在含水的纖維中卻擴散得較快。這就是為什麼同等份量的酒，在女體內，酒精含量更濃縮；而在男性體內則較稀散。酒精凝聚的情況，使女性醉倒得比男性要快。

令女性更易受到酒精影響的另一個原因，是她們的荷爾蒙有關。鍾斯博士發現，女性在月經到來前的短時期內飲，要較平時易醉得多。在此期間，女性體內雌雄激素和孕激表的分泌水平，出現了極大的波動，而她們身體對酒精的吸收及反應，亦大異於平時。

鍾斯博士的報告，不單只解釋了女性較男性易醉的原因，而且指出了女性在某一時期內會特別易醉。他向女性提出兩點忠告：

（一）不要自恃酒量好而和男性比較酒量，因為先天條件的限制，女性多數會敗落；又或過度有恃無恐，邊致醉後「誤事」，可能追悔莫及。

（二）月經來臨，懷孕期更或服用避孕藥時，更不宜飲酒。這已是眾所周知的常識了。

面對批評男女有別

孔門弟子曾子，曾有「吾日三省吾身」的自我檢討。在社會主義盛行之初，也有「批評與自我批評」作為對人對事的處理方法。人們在生活和工作中，總要和多方面接觸，也無法避免受到各方面的批評。對於被批評的人，反應不一，有擇善而從；有我行我素；有反應敏感加以抗拒；也有不論任何意見都屈從以取悅於批評者，不一而足。

加拿大渥太華大學一位心理學教授米高麥卡里博士，最近進行了一項研究，發現人們當面對別人的批評時，男性的反應及處理態度，要較女性妥善得多。

麥上里博士指出：男性在受到批評時，大多能夠堅持自己的立場，不輕易屈服；但女性則往往會對批評退讓，在壓力之下，去改變自己的態度，不論批評的內容是否合理。根據麥卡里博士的解釋，男女對外來批評的不同反應，與他們的教養、社會地位（並非指個人在社會上因成就而獲得的重視程度，而是指傳統上男女在社會中所受重視程度的深淺）及先天性的氣質有關。

男性自小便被教育成必須堅強有主見，而且不意識地感到自己要比其他人更重要，自我至上的心態較重，他們習於發號施令，認為祇有別人應該接受他的說話或意見，而非他們去接受別人的擺佈。因此，男性在受到批評時，多數不會改變自己的立場，對批評作出讓步，而且大多數都能處之泰然。

但是在女性方面的情況卻不同。女性對於「社會認可」的需求，遠較男性來得熱切，她們最怕失去別人的認可，亦即是說，她們恐懼在別人的心目中，失去應有的地位。因此，每當面對批評時，她們會急切地作自我反省，大多數都會向批評者屈服，改變自己的立場，以求迎合批評者，保存自己的形象地位。女性要求別人認可的心態，較諸為自己辯護，要強烈得多。「人言可畏」，一直以來都困擾著女性，她們對於外來的批評，根本無法像男性那樣，可以灑脫地一笑置之。

女強人中年苦悶多

美國紐約城市學院一位心理教授綺蓮嘉漢博士最近指出：越來越多職業女性，受到了一種非常特別的精神心理疾病所困擾，可稱為「男性化女性綜合症候群」。患者多數是進入中年期，事業已有相當成就的職業女性。病徵是精神苦悶、空虛，與極度的沮喪寂寞。

患上此類心理病的女性，在性格上都有一個共通點。大都堅強獨立，富進取性，在工作和事業方面，作風爽朗，百折不撓，一反女性傳統的柔弱含蓄，其衝鋒陷陣的精神，比起男性有過之而無不及。在心態上，她們不自覺地以「大丈夫」自許。她們強行將自己改變成一個類似男性的「鐵娘子」，不論在工作事業上，在愛情及私人事務上，均顯得強悍自足。這種剛強的性格和作風，令她們在事業方面所向披靡，獲致極大的成就。

不過，世間上的男性極少會喜歡陽剛型的女性，大多敬而遠之。因此，具有男性作風的成功女性，在事業方面雖然獲得了成就，但在愛情和感情生活方面，卻受到了嚴重的挫折。特別是當她們到達三十至四十歲的中年期時，由於感情生活方面的一片空白，寂寞與空虛便經常成為一種難以忍受的折磨，醒覺到物質方面的成就，並不能填補心靈上情感缺失。

大多數此類女性，在事業達到巔峰時期，依然獨身，既乏愛情滋潤，又無法獲得家庭生活的溫暖，潛藏得到女性本能和她們逞強得到後天「人造性格」之間，產生了強烈的矛盾衝突，心理和精神方面，呈現極度不平衡的狀態，不少此類女性，不得不向心理專家尋求協助。

綺蓮嘉漢博士認為：由於越來越多女性投身社會工作，患上此種「男性化女性綜合症候群」的人，將會不斷地增加。作為一個心理專家，她認為唯一可以治療這種症候群的方法，是釜底抽薪。女性們應該自己衡量一下，事業與感情生活，哪一方面更為重要？最好能夠保存多一點女性溫柔的韻味，減少幾分鐵人本色，不要過份野心勃勃，就不致「淒悽楚楚戚戚」過著最難將息的不和諧的生活了。

攬鏡六姿顯現性格

不論男女在社會工作活動，都注意端正儀容，以免給人一個不良印象，因此每天出門之前，都攬鏡自照。對鏡中顯示的形象，會不自覺地作出相當獨特的反應。這些反應，足以顯示照鏡人的性格。專家列舉最常見的六種反應和它們所顯示的性格特徵。

（一）仔細探索：此類人照鏡時，對自己的影像仔細觀察，由面部五官以至身上衣物，巨細無遺。他們好奇心重，城府極深而長於思考，甚至略帶自戀狂。他們的內心經常在思考一些問題，處事時則考慮周詳，謀定而動，因此，為人穩重沉著。不論是男是女，都會是最可靠的朋友，唯一的缺點，是主觀太強較為自我。

（二）裝鬼臉：有些人每逢照鏡時便會作出種種怪異的表情，扮鬼扮馬。此類人生性隨和豁達，詼諧成性，不但個性外向，而且樂觀慷慨，玩世不恭，凡事只向光明面著想，坦率而熱誠，是可以信賴的朋友。

（三）驚鴻一瞥：此類人除非必要，極少在鏡前流連，那是由於他們對自己的外貌並不太注重。性格比較孤僻，但卻堅強而現實，凡事腳踏實地，絕對不浮誇輕率，是可以委以重任的人。

（四）對鏡微笑：每次照鏡時，必展開笑容的人，自信心極強，對自己的一切，都感到滿意，是可靠的伴侶，忠誠的友人。

（五）對鏡皺眉：此類人每逢照鏡，都擺出一副愁眉苦臉。他們心胸狹窄，目光如豆，經常認為整個世界都對他們有所欠負，憤世嫉俗，人生觀相當灰黯。

（六）照鏡成癖：此類人對照鏡有近乎成癖趨向。他們不但在家中裝上大量的鏡子，而且在任何場合中。只要鏡子的話，都不會放過「顧影」一番。此類人情感豐富，對愛情堅貞而敏感，喜歡取悅別人，但亦要求別人對他們愛情，而亦因這個原因，感情較易受到傷害。

除此之外，也有些女士對照鏡成為習慣，不論在公共場所，茶樓酒館，交通工具，一坐下來就取鏡自照，整飾容顏，態度隨便，使人側目，此種人肯定稍欠欠教育，給人有輕浮草率之感。

表達歧異誤會滋生

美國康奈迪格州立大學一位家庭問題專家，堪富利博士指出：男女兩性在表達思想意念時所採用的方式，有很大的差別。這種差別往往造成溝通上的困難，不少婚姻關係受到破壞，事業遭到阻滯，甚至友誼破裂，都導因於兩性之間無法完全瞭解對方。下列是堪富利博士列舉幾種最常見的兩性語言歧異，並提出化解方法：

（一）女性通常不會直接地表達自己的意見，特別是當她們要對某一事物提出批評的時候，採用的表達方式是「提問」而非陳述。她們會不斷地提出問題，希望別人能夠體會到她們要道達的真正意義。這種提問方式，是一種迂迴的表達手段。但男性卻認為缺乏主見，嚕唆麻煩，因而不予理會，結果令雙方發生誤會。要排除彼此溝通的障礙，女性應該學習以直率的語言去表達意見。而男性遇到女性的長氣「提問」，則應該小心聆聽，尋求瞭解問題背後所傳遞的真實資訊。

（二）女性對事物或意見表示同意或贊許時，往往非常直率地表露心意；但男性則往往有所保留，衹是作出較謹慎的表態。這種情況，往往會導致雙方出現誤會。女性會以為男性過度冷漠；而男性則以為女性過度熱衷。要克服因此種表態歧異所造成的溝通問題，雙方必須瞭解，儘管表達的態度不同，其實大家的意見是殊途同歸的。

（三）在討論重要問題時，女性比男性來得急進和激動。女性通常會語調急促，聲線提高，甚至手舞足蹈，以大動作去強調自己的思想意見。男性遇到這種情況，往往誤以為女性過度誇大，過度神經質及缺乏自制力，因而對他們的意見不予理會。其實男性們應該瞭解，那是女性們慣性的表達方式，不應輕視不理。

（四）女性在聆聽男士意見時，大多會以聲音和小動作去表示她們在全神貫注地接受，但男性卻常會誤認為此種動作反應是女性「輕視」的表現，誤會便由此產生。其實男性必須瞭解，大多數女性的態度都是如此，她們絕非在敷衍而是全心聆聽接受的。

成功者必備的條件

世界上有不少叱吒風雲或名成利就的人士，但亦有不少鄙薄名利的，安於淡泊的人。在一般的心目中，「成功」人士富有上進心，生活得更積極而有意義；那些平凡的人，多是碌碌庸才，了無大志。

根據美國一位心理學家約翰魯爾博士指出：事實並非如此。並非所有人都必須成為一個「成功人士」，亦不是每個人都具備作為成功人士的條件。他列出九項問題給人們反躬自省：

（一）是否真正願意成為一個有所作為的人？作為一個成功者，其實並不簡單，他們必須經常孤獨地奮鬥，承受各種壓力，飽嘗失敗痛苦，既要能忍辱負重，又要冒險犯難。假如無法面對這一切，你就缺乏作為一個成功者的條件。

（二）是否具有要求成功的強烈內在衝動？一個成功者必須具有強烈的創造慾，志切於體驗新事物及亟亟於成就爭功。

（三）最關心的是甚麼？金錢、名位及權力的擁有，通有都是成功者最渴求的東西，更重要的是他們極渴望別人的推許讚賞。假如你志不在此，你應該選擇平淡的生活。

（四）願意付出多少？一個成功的人，必須付出大量的精力，時間和願意承擔責任。假如有所保留，難望可以成功。

（五）能承受多少打擊及作出多少犧牲？任何成功者要達到目的，都必須作出重大犧牲，忍受來自各方面的打擊，你可以嗎？

（六）你願意放棄多少？成功者往往必須放棄短暫或當前的享受，以達致長遠的目標。如果不能捨棄「逸樂」，你根本無法成功。

（七）你願意付出比常人更多的時間或承擔更多的額外工作責任，以達致成功嗎？

（八）是否具有迥異恒流的獨特見解和思考能力，不隨波逐流，不人云亦云？

（九）是否具有「百尺竿頭更進一步」的要求和執著，不安于小成？

假如你具有上述所有的條件，你是適合於作為一個成功的追求者。不然的話，應該安安份份，作一個平凡的人。

學習音樂提防傷害

誰都知道音樂能陶冶性情，美化人生。可是專家發現，音樂也會使人受到傷害，產生身心困擾。

會發生「音樂傷害」的原因，主要是父母或老師的要求過高、練習過量、姿勢或指法錯誤以及選擇的音樂不恰當，因此長期演練下來，手指、手腕、肩關節和頸部，便逐漸產生慢性疼痛的症狀。

據調查發現音樂專修班的學生和老師，普遍存在上述困擾。要避免發生這種慢性傷害，最好的方法便是根據孩子的年齡和發育程度，選擇難易適中的樂曲，並且在練習時，培養正確的技巧和姿勢。就音樂系或者音樂專修班的三百多位學生進行問卷調查，結果顯示：有相當大比例的學生，因為長期演奏，肌肉、肌腱、韌帶、關節或神經，已經產生慢性傷害。這些傷害，大多分佈在右側手指、手腕、肩膊或頸部的位置，主要的症狀有百分之六十以上的人會感覺慢性疼痛，其次是疲倦、無力、麻木、關節脹痛或僵硬。令人擔心的是：學生們若苦練九至十八年之久，而且每天練習六至十小時，卻沒有因為這種慢性傷害而就診。顯示出大多數習樂者過於重視演奏的水準，而忽視自己的健康狀態。還有情緒方面的困擾，包括性情憂　、不知如何調適心理的緊張壓力，而且把焦慮表現在身體的症狀上，例如比賽前生病等等。

音樂傷害的原因，主要是練習過量和選擇的樂曲不適合自己肌肉的成熟度、姿勢和指法的錯誤有關。大多數父母或老師都希望子女或者學生能學習技巧比較艱深的曲子。事實上，當小型的古樂器強調手部的靈巧和力量，發育不夠成熟的孩子，練習時會相當吃力。

此外，目前許多樂器不分大小，小孩常需要遷就較大型的樂器，長久練習，也容易受傷。

對於音樂傷害，目前一般只能利用超聲波、熱療、肌肉放鬆等方式減輕慢性病的症狀。治療時，必須實地瞭解病人演奏時的姿勢、指法和習慣，才能予以適當的治療。因此，最好的方法仍在於預防，讓孩子學習音樂固然好，但要小心，別讓他成為受害者。

七項錯誤有礙升遷

通常在工作機構中，有些人一帆風順獲得上進升遷，也有些人不管怎樣努力，也不獲上司賞識和器重，因此常感懷材不遇，滿肚牢騷；又或諉諸「命運」，因而影響心理發生問題。

根據美國肯薩斯州立大學一位心理學分析家哈勞和斯博士指出：如果一個人要在工作和職業上獲得進展，得到老板上司的器重，必須避免七種重大的錯誤。通常在工作中經歷長時間而依然浮沉於低下職位無法獲得升遷的人，多數在七項錯中犯上了其中一至兩三項。下列是哈勞和斯博士列舉的七項錯誤：

（一）過度情緒化。有些人經常顯示強烈的情緒，包括哭泣、發怒、過度興奮或大嚷大笑。此種情緒化的舉動，往往會令上司老板產生負面的反應，對他們的行為留下不良的印象。

（二）醜化或詆毀機構及老板。通常，此類私下的批評，很容易會傳到上級的耳中，令他們感到不滿。

（三）對工作顯示出過度熱衷。雖然，所有的老板都喜歡屬下工作勤奮，但對於員工整日談論工作，經常把工作從辦公室帶回家中的做法，並不太欣賞。因為他們覺得此類員工，可能工作能力有問題，無法在辦公時間完成任務更會遲早工作重壓拖垮。一般情況，老板們對此類員工的升遷，都較少加以考慮。

（四）做事墨守成規缺乏應變的彈性。老板最不能忍受過份固執堅持己見不變通的人。

（五）在同事之間攪戀愛事件。老板們最不願意在自己的機構中，看到員工牽涉在男女之情的漩渦中，這糾紛既影響員工工作士氣，亦能破壞機構的形象。

（六）祇注意小節而輕忽大事。有些人在辦公室中，祇是著意於照料一些雞毛蒜皮的小事，而往往把重要的工作拖延，老板們會最感不滿。

（七）按章工作，對公司或機構缺少熱誠。有些人在放工時間一到，便丟下一切奪門而出。這種態度，表示他們對工作並不關心。所有的老板，都不願見到員工對工作和機構不予關注看重。

避免成為討厭人物

我們生活和工作中，都要接觸各種各類的人物，為了要交際應酬，即使遇到極感乏味的人，也要善於應付，以免招致指摘。

根據美國芝加哥大學一位行為心理學家米哈里博士指出：有些令人產生畏厭感的「悶人」，大多是行為方面犯上了錯誤，致使他們成為不受歡迎的人物。米哈里博士曾經對該大學的學生，進行過一項調查研究。在研究中，他向三百名大學生發生問卷，要求他們指出何種行為最令人感到厭煩。在問卷中，他列出了四十三項令人無法接受的厭煩行為，由受驗者按照它們的厭煩程度的深淺，順序加以排列。以下是問資料顯示出的八項最不受歡迎的行為：

（一）經常向別人訴苦，包括個人的健康問題、經濟困難、工作情況等，但對別人的問題卻從不感興趣，不多關注，此種人視為最討厭。

（二）經常嚕嚕叨叨，衹談論一些雞零狗碎的瑣事；又或不斷重覆一些膚淺的笑話及一些一無是處的見解，此類人也令人吃不消。

（三）言語單調，喜怒不形於色，對任何事都漠然，不作出情緒的反應。

（四）態度過份嚴肅，不苟言笑，道貌岸然。

（五）缺乏投入感。在任何社交場全中，悄然獨立，既不參與別人的活動，亦不主動與別人溝通，自以為「鶴立雞群」。

（六）反應過激，語氣浮誇粗俗，滿口俚語粗言，從不接受別人意見。

（七）過度自我中心。不斷向人述說自己的生活瑣事，誇耀個人經歷，或祇知談論個人興趣，從不理會別人的感受和反應。

（八）過度熱衷去取悅別人，或希望博得別人的好印象。

米哈里博士指出：任何人都會偶然會變得令人感到厭煩，但如果是在任何情況之下，都成為不受歡迎的人物，那一定是行為方面出現了問題。假如在上述八項之中，犯上了三至四項，肯定在別人的心目中，是個難以接受的人物，應該自我檢討一下，設法加以改善。

商業女性成功秘訣

現代女性投身商界的越來越多，能夠廁身商業機構高級主管行列中，與男性平起平坐的，亦復不少。

女性能夠在這個本來純屬於男性的領域內獲致成就，到底應該具備一些什麼條件和技巧呢？

根據美國印第安納州聖瑪利學院一位商業管理系教授露絲瑪利，在經過調查研究之後，列出了成功「商業女性」所必須具的十項重要技巧：

（一）必須獲得上司的信任。僱員如果對老板或上司所指派的工作做得完美妥善，是贏得信任的最佳方法。一旦獲得信任，向上升遷的機會就大為增加。（二）從經驗中學習。任何人都會犯錯，但能夠從錯誤中獲取教訓，不斷多以改進，工作成績便會日有進境。（三）要有自信。一個有自信的人，不但可以對完成工作有更大的把握，也能令上司對她更加信任。（四）要掌握文字表達技巧。商業世界中，資訊的傳遞交流，極為重要，不論是書寫備忘、公文信件、或草擬計劃等，都需要使用文字。有較高的書寫技巧，文字具有説服力，將是最有利的條件。大多數人，都通過一個人所寫的文字，去判定她的能力。（五）要善於分配時間。當一個人在商業機構中逐漸向上升遷時，她面對的工作越來越多，別人對她的要求亦越來越大，高級主管人員會發現可用的時間越來越不足夠。因此，要工作上可以應付裕如，必須懂得善用時間。（六）要了解工作重要性的先後次序。越是懂得如何去處理工作程序，了解輕重之分的人，成功的機會就越大。（七）要經常搜集有用的資料訊息。要作出良好而正確的決斷，有於資訊的完備充足。一個成功的僱員，不但應該去搜集有用的資料，而且應該知道從何處可以獲得。（八）要對任何工作有長時間的預先策劃，安排妥當之後，逐步予以完成。（九）要徹底將工作做好，絕不拖泥帶水。（十）必要時，要顯示個人的「權威性」。作為一個主管人員，應該在適當的情況之下，維持一己的尊嚴與權威。能夠善於運用權力，會獲得別人的尊重。